Florian Ludwig

*Brandenburg muss brennen,
damit wir grillen können*

Florian Ludwig

Brandenburg muss brennen, damit wir grillen können

Roman

SATYR VERLAG

1. Ufflage Septemba 2018

www.satyr-verlag.de

Cover: Karsten Lampe
Korrektorat: Jan Freunscht
Druck und Bindung: CPI Books, Clausen & Bosse, Leck
Printed in Germany

Die Deutsche Nationalbibliothek verzeichnet diese Publikation in der Deutschen Nationalbibliografie; detaillierte bibliografische Daten sind im Internet abrufbar über: http://dnb.d-nb.de

Die Marke »Satyr Verlag« ist eingetragen auf den Verlagsgründer Peter Maassen.

ISBN: 978-3-947106-12-7

Intro
Oder auch: Wer ist eigentlich Berndte?

Nach unserer Lesung, die wir als literarisches Trio in einem dieser angesagten Schuppen in Berlin-Friedrichshain hinter uns gebracht haben, teilen wir die Einnahmen des Abends auf. Eintritt, verkaufte Bücher, Austritt. Wie wild tippe ich auf dem Taschenrechner meines Handys und jongliere mit Zahlen. Einer der Kollegen hängt im Ledersessel und stöhnt:

»Mann, ick bin schon janz schön besoffen.«

Irgendwie komme ich zu einem Ergebnis und verteile an jeden eine zweistellige Summe. Der auswärtige Artist aus Sachsen-Anhalt bekommt wegen Reisekosten noch einen drauf. Verschämt nimmt er es an.

»Hier! Du musst da wohnen.«

Schön sitzt es sich, hier in einem sogenannten Backstageraum, dort, wo sich sonst nur durchtriebene Punkrocker und verkokste Elektroniker mit ihren Groupies lümmeln. Nur bei uns Vorlesetypen klopft kein Fräulein an die Tür.

Etwa 32 der 39 zahlenden Zuhörer waren männlich. Dafür brauche ich keinen Taschenrechner. Dabei hatte ich auch nichts anderes erwartet, wenn wir im Spaßbezirk mit Geschichten um die Ecke kommen, bei denen es sich um die

Lieblingsbeschäftigung dreht, die uns alle eint: Besuche von Fußballstadien, ob nun in Magdeburg, West- oder Ostberlin.

Bei anderen Lesungen, bei denen ich meine Fußballhottenstorys eher beiläufig einfließen ließ, brachte ich auch schon die eine oder andere linksalternative Studentin zum Schmunzeln. An diesem Abend war jedoch klar, dass der Anteil an kernigen Freaks, aufgrund der offensiven Werbung zum Thema, hoch sein würde. Da der 1. FC Union am selben Nachmittag ein Heimspiel hatte, wurde es noch kerniger und freakiger als erwartet. Bereits vor Beginn der Lesung schnarchte ein erster Anhänger auf der Couch im Billardraum. Während ich eine meiner Geschichten vor mich hin ins Mikro trällerte, brüllte ein Unioner ständig dazwischen:

»Beeetooonung!«

Irgendwann reichte es mir, und ich entgegnete, dass ich weder Nina Hagen noch der bekloppte Stadionsprecher aus seiner Alten Försterei sei und er sich seine Stadionhymnen-CD zu Hause in den MP3-Player schieben soll, wenn er so auf Betonung steht.

»Wir lesen hier ausdrucksstark, dit muss reichen!«

Im Anschluss gab es noch eine schöne Geschichte von einem weiteren Nichtbetonenden, in der es um ein Landespokalspiel zwischen dem BFC und Union in den frühen Nullerjahren geht, nach dem die Fans von Union auf die Fresse bekommen hatten wie schon lange nicht mehr.

Nach der Lesung eskaliert es trotzdem nicht, weil der anschließend auflegende DJ selbst Unioner ist.

Ich tänzele durch den Veranstaltungsraum auf der Suche nach meinen Kumpels, also denen, die ich persönlich eingeladen habe und sich daraufhin nicht abzusagen trauten. Zwei Köpenicker schlafen den Schlaf des gerechten Rausches, einer mit dem Kopf auf dem Tresen, ein anderer mit dem ganzen

Körper auf dem Ledersofa im Eingangsbereich. Ein befreundetes Pärchen ist auf der Jagd nach Widmungen für die frisch erstandenen Literaturerzeugnisse. Ich gebe ihnen einen wertvollen Tipp:

»Die beeden andern sind noch hinten! Backstageraum heißt der Puff.«

Meine Kumpels sitzen in einer eingeräucherten Ecke, fröhlich fraternisierend mit den Kräuterhexen vom Nebentisch. Ohne großes Hallo setze ich mich dazu.

»Na!?«

»Na!?«

»War janz jut.«

»Schön.«

Wir quasseln und trinken ein bisschen vor uns hin. Später wollen meine Kumpels noch zu einem Geburtstag, als Mitveranstalter der Lesung fühle ich mich hingegen verpflichtet, noch zu bleiben. Eigentlich könnte ich auch jetzt schon nach Hause fahren, da mich dieser nächtliche Kulturbetrieb mit all seinen Begleiterscheinungen schon seit Jahren nicht mehr motiviert, bis zum Morgengrauen durchzuziehen. Gut könnte ich mich jetzt in die Straßenbahn setzen und mit fieser Fresse den freien Sitzplatz neben mir gegen erlebnishungriges Partyvolk verteidigen.

Plötzlich greift mir ein Unbekannter von hinten an die Schultern.

»Ey, hab dein Buch jelesen. Janz schön was erlebt, wa? Schreibste noch eens?«

Am Tisch spitzen einige die Ohren.

»Jute Frage! Ideen sind da.«

Obwohl seit der Veröffentlichung meines Erstwerkes ein Jahr vergangen ist und ich doch einiges an Lesungen hinter mich gebracht habe, verschwende ich nur wenig Energie und

Fleißarbeit an neue Geschichten. Klar ist nur, dass eine Mischung aus Fußball, Feierabendterrorismus und Alltagsboogiewoogie mit dem ersten Buch ausgereizt ist.

Der neugierige Fremde glotzt mich erwartungsfreudig an. Ich gebe mich selbstbewusst.

»Wird wohl um Punkrock und Krawall jehn. In Brandenburg, in den Neunzigern! Vielleicht auch mit Liebe.«

In Wirklichkeit ist diese Idee zum jetzigen Zeitpunkt noch relativ halbgar und wenig ausgereift. Sollte ich wirklich einen Erinnerungsschinken schreiben, der sich um Erlebtes, Skurriles und Schrulliges dreht? Um Typen und Freaks, die nach der Wende orientierungslos durch die Gegend schießen wie Luftballons, die nicht zugeknotet wurden? Konzerte, Faschos, billige Autos? Provinzbullen, Haschisch, Langeweile? Fußballspiele wurden in diesen bekloppten Zeiten auch besucht.

»Gabs dit nich alles schon mal?«, fragt einer der Gäste.

»Na klar! Aber eben nich aus Brandenburg. Dem Bundesland der Sülzefresser.«

Auf dem Weg zur Tramhaltestelle verdichten sich meine Gedanken. Die frühen Neunziger: Ich hab so viele Charaktere kennengelernt, die ich gut zu einer fiktionalen Hauptfigur zusammenschrauben könnte. Bilder, Erinnerungen, Momente; von Frust und Lust, von Fuck und Off, von Krieg und Frieden. Meine Schädelfestplatte rattert, ich stolziere motiviert durch das Friedrichshainer Halbdunkel. Auf der anderen Straßenseite schnauzt eine Punkmadame ihren Typen an: »Mann, Berndte, du Riesenrind!«

Halleluja, ein Baby sei euch geboren! Am Himmel leuchtet ein heller Stern.

Pioniermanöver

Da der Klassenfeind nie schlief, war in der DDR ständige Wachsamkeit angesagt. Zumindest wurde uns das so schon frühzeitig in der Schule eingebläut. Eine Maßnahme zur »Abwehr der imperialistischen Aggression« war die Einbindung von uns sehr jungen Heranwachsenden mittels Pioniermanövern. Eigentlich eine luschige Angelegenheit, waren doch unsere imitierten Massenschießereien mit Plastikpistolen und -gewehren, nachmittags auf dem Spielplatz, um einiges blutiger: Am Ende solcher Schlachten gab es viele tote Indianer und Cowboys oder auch mal verstorbene Russen und gefallene Zivilisten. Wer getroffen war, bestimmten die mit der größten Klappe. Nach einmal Bis-zehn-Zählen war der Tod dann vorbei, und man konnte sich wieder einbringen in die wüsten Ballereien, mit oder ohne Zündplätzchen.

Die von der Schule veranstalteten Pioniermanöver waren dagegen harmlose Schnitzeljagden. In unförmigen Trainingsanzügen standen wir ohne Gewehr bei Fuß und sollten mithilfe eines untauglichen Geländeplanes und eines Kompasses einzelne Zwischenstationen aufsuchen, dort irgendwelche Rätsel lösen oder anderen Quatsch beantworten, nur um dann weiterzuhetzen und am Ziel, mitten im tiefsten Mischwald, eine Erbsensuppe mit Bockwurst aus der Gulaschkanone hinunterwürgen zu dürfen.

Bei einer dieser paramilitärischen Großveranstaltungen verrannte sich unser stahlharter Klassenverband schon auf den ersten hundert Metern. Anstatt in Richtung Stadtforst trabten wir durch die Gartenkolonie nahe unseres Schulgartens. Erst nach einer Weile wunderten wir uns, warum keine der Stationen in Sicht kam, an denen uns entweder die Reinigungskraft aus der Turnhalle nach mindestens fünf Tieren des heimischen Waldes abfragte oder die Sportlehrerin uns über ein Hangelseil scheuchte.

Unser Klassenverbandsanführer fluchte über den scheiß Ostkompass, obwohl er ihn bis zu diesem Zeitpunkt noch gar nicht benutzt hatte. Der Geländeplan gab zumindest so viel her, dass der Klassenstreber mit ihm klarkam. Er gab neue Richtungen vor, wir trabten ihm hinterher. Wertvolle Minuten waren verloren, aber auch mit schlechter Gesamtzeit durfte man sich im Ziel von der Erbsen- und Bockwurstkanone ins Visier nehmen lassen.

Auf dem Rückweg unserer siegreichen Bockwursttruppe in Richtung Schule begleitete uns unsere Klassenlehrerin Frau Kusch, damit wir nicht doch noch in einen fiesen Hinterhalt gerieten oder uns eventuell angreifende Tiefflieger in alle Richtungen scheuchten. Im lockeren Marsch ohne Gleichschritt trabten wir durch die märkischen Wälder.

Wir Jungs liefen hinten. Teuber, unser Klassenganove, der uns bald zwecks Wiederholung der siebten Klasse verlassen sollte, zauberte drei Zigaretten und eine Schachtel Risaer Streichhölzer aus der Tasche. Er grinste uns an. Drei Kippen mit Filter, alter Falter. Fünf Jungs ohne jegliche Erfahrung glotzten zurück. Teuber wollte wissen, ob wir richtige Frontschweine seien. Klar waren wir das, und schon einige Male hatten wir im Westfernsehen gesehen, wie amerikanische GIs lässig durch den vietnamesischen Dschungel schlenderten und dabei eine Lucky Strike zwischen den Mundwinkeln hängen hatten. Wenn so einem lahmen Pioniermanöver noch etwas abzugewinnen war, dann das pubertäre Nuckeln an einer Cabinet würzig. Teuber befeuerte eine Kippe nach der anderen und reichte durch. Nach den ersten Zügen erschall aus den meisten Pionierlungen ein mehr oder weniger kräftiges Husten. Nikotingeschwängerte Nebelschwaden zogen durch das waldige Kampfgebiet. Nachdem eines der Mädchen loskreischte, dass wir rauchen würden, befahl unsere Klassenlehrerin zwar nicht das sofortige Überziehen von Gasmasken, forderte aber im harschen Ton, sofort die Zigaretten auszumachen.

Bei der nächsten Elternversammlung verpetzte sie uns und entpuppte sich als Kameradensau und Verräterin. War die frühmilitärische Erziehung in der DDR daran schuld, dass ich ein Vierteljahrhundert später als militanter Friedensengel vor dem Berliner Kammergericht stand und wegen versuchten Ankokelns von Bundeswehrkutschen drei Jahre in den Knast abkommandiert wurde? Ja, nein, vielleicht. Bitte ankreuzen.

Berndte? Kiek an!

»Kartenzahlung erst ab zehn Euro!«

Konzentriert krame ich mein Kleingeld aus dem Geldbeutel, um der Servicetante im Bahnhofskiosk die 8,20 Euro bar auf den Tisch zu knallen.

»Hier! Wer keen Plastikjeld will, muss zähln!«

Zwischen uns entbrennt ein kleiner Wettkampf. Hat sie die Klimpermünzen schneller durchgezählt, oder habe ich die Fahrkarte für den Regionalexpress flotter verstaut? Würde sie mich aufhalten können, sollte die Summe nicht stimmen? Ich beeile mich nicht extra, werde aber den Becher Kaffee beim anatolischen Anbieter nebenan kaufen. Mit dem Schließen der automatischen Schiebetür grunzt die Verkäuferin mir hinterher: »Danke!«

Die Haltestelle Jungfernheide mit ihrem Westberliner Achtzigerjahre-Charme ist ein kleiner Zentralbahnhof für U- und S-Bahn sowie Reisende im Nahverkehr. Eigentlich hätte ich auch zum Potsdamer Platz düsen können, um dort den von mir vorgesehenen Zug in die Umlandprovinz zu entern. Von meinem Zuhause in Pankow wäre es genauso weit gewesen. Doch warum sollte ich mich dort am frühen Vormittag von

Touristen dabei fotografieren lassen, wie ich die Rolltreppen auf und ab fahre, während mich am Bahnhof Jungfernheide die Typen, die sich schon um neun den ersten Döner reinleiern, gepflegt ignorieren.

Die Abfahrt des Zuges zieht sich noch hin, ich schlendere durch die zugigen Bahnhofskatakomben.

»Kleener Kaffee. Schwarz!«

Die Verkäuferin schenkt mir ein Lächeln und akzeptiert die 90 Cent in bar. Prima! Ein Verhuschter steht vor dem Blumenladen nebenan.

»Schenkste mir eine Mark?«

»Hier! Ne Zijarette.«

Er freut sich und grinst mir mit seiner ramponierten Knabberleiste hinterher: »Danke, Kolleje!«

»Nich dafür, Sensodyne-Sven.«

Auf dem Bahnsteig ist die Luft frisch und zugig. Kalt und feucht kriecht sie mir in Hals und Hosenbein. Ich verkrieche mich hinter einem Pfeiler und gucke den Pendlern sowie den Schnäppchengangstern, die in den Mega-Outletstore nach Elstal wollen, beim Schweigen zu. Es macht Spaß, die Leute zu kategorisieren. Der Mittfünfziger im schwarzen Mantel könnte ein Anwalt sein, er vertritt vielleicht einen Gebrauchtwarenhändler vor einem Amtsgericht in Nauen oder Rathenow. Zumindest seine Aktentasche sieht wie so ein Advokatenkoffer aus.

»Ja ja, is dir ejal, das olle Altöl einfach so in den Boden abzulassen«, denke ich, »für ein fettes Honorar machste dich auch für so nen skrupellosen Provinzzocker krumm.«

Zwei Jungs um die zwanzig wollen in den Outletstore, da bin ich mir sicher. Adidas, Douglas, Carhartt heißen ihre Tempel der Glückseligkeit, in denen sie sich erhoffen, jene Zutaten preisgünstig erstehen zu können, die ihnen auf dem Balz- und

Baggermarkt einen sexuellen Vorsprung verschaffen. Lieber ein scharfer Prinz aus Moabit als eine Billigpalme aus Spandau sein.

In der Mitte des Bahnsteigs schnattert eine Schar aufgedrehter Rentner. Die wollen zur Landesgartenschau, so meine Vermutung. Bloß nicht mit denen ins selbe Abteil. Die quatschen die ganze Zeit vom schönen Leben. Tulpen, Astern, Kasseler Kotelett. Aufgedreht werden sie in ihren Broschüren blättern und von einem kurzweiligen Tag zwischen Rankelpflanzen und Schautafeln schwadronieren. In diesen Stimmungskessel wird dann selbst der Zugbegleiter miteinbezogen.

»Junger Mann, son kleiner Feichling wird ja Ihnen nich vaboten sein? Hahaha!«

»Mensch, Jünter, lass den Jungen arbeeten. Hahaha!«

Ja, dieser Truppe von Tatterhorsten und Diabeteshelgas gilt es, aus dem Weg zu gehen. Diese Mischung aus vertriebenen Schlesiern und Westberliner Wurststullenfressern ist ab Gruppen größer als zwei nur schwer zu ertragen, auch wenn die Fahrt nur eine knappe Stunde dauern wird.

Bis auf ein paar andere lichtlose Gestalten ist der Bahnsteig sonst ziemlich leer. Der Flaschensammler zählt nicht, der will wahrscheinlich nicht mitfahren. Auf dem gegenüberliegenden S-Bahnsteig ebenfalls gähnende Leere, potenzielle Fahrgäste verjubeln ihre Zeit auf dem Arbeitsplatz, im Jobcenter, in der Geschlossenen oder auf dem Friedhof.

Der Pfandflaschenselbstständige hat inzwischen das Ende des Regionalbahnsteiges erreicht und verhandelt mit einem Rohstofflieferanten, soweit ich das aus der Ferne erkennen kann. Sein Gegenüber ist mit Hund und Rucksack unterwegs. Punkige Haare, punkige Klamotten, wahrscheinlich ein Punk. Nicht mehr jung und noch nicht ganz alt. Eine Flasche, wahrscheinlich leer, wechselt ihren Besitzer. Ich beobachte diesen Alltagstransfer ohne Wertausgleich nicht weiter, die Automatenamsel plärrt aus den Lautsprechern ihr Lied vom einfahrenden Zug auf Gleis 4. Ich postiere mich mittig, um am Zielbahnhof sofort im Fußgängertunnel abtauchen zu können, bevor mir der restliche Reisemob einen zügigen Trab verhindert. Ein kurzer Blick zwecks Abstandskontrolle in Richtung der Bundesgartenschaurentner. Alles paletti, die sind weiter hinten.

Im Doppelstockwaggon orientiere ich mich aufwärts. Die oberen Sitzplätze garantieren einen weiten Blick über Berlins Vororte und brandenburgische Monokulturen. Würde vielleicht heute mal ein Jagdvogel in die Riesenwindräder fliegen, um von diesen frei drehenden Mühlen der regenerativen Stromerzeugung zu Frikassee verarbeitet zu werden? Ein Rudel von Füchsen, die einen unschuldigen Jagdhund aus Wannsee durch genmanipulierte Rapsfelder jagen? Entgleiste ICEs, flachgelegt auf märkischen Kartoffeläckern? Nein, wahrscheinlich wird es so langweilig wie immer – eine Fahrt, so monoton wie die Innenausstattung der Ostdeutschen Eisenbahngesellschaft. Die Werbeaufkleber des Unternehmens fragen bedrohlich, ob man diesen Zug nicht selber fahren wolle. Links, rechts, oben sind Überwachungskameras angeschraubt, damit der Zugbegleiter vorher schon gucken kann, ob ich mir die Fahrkarte nicht selber male. In den modernen öffentlichen Verkehrsmitteln wimmelt es nur so von dieser Spannertechnik.

Als der Zug anrollt, sitze ich bereits. Am Bahnhof Spandau fange ich an, meine Stulle mit Leberkäse zu verspeisen, und fühle mich beobachtet. Kurz vor Staaken wünscht mir der Schaffner guten Appetit. Lässig knipst er meine Fahrkarte, mit meinem Pappticket fordere ich ihm grundsolide Handarbeit ohne Scanner und RFID-Chip ab. Später wird er sich im Namen der Ostdeutschen Eisenbahngesellschaft über die Lautsprecher bei allen Fahrgästen für die Mitfahrt bedanken und noch einen schönen Tag wünschen, verbunden mit dem flehenden Hinweis, doch bald mal wieder eine angenehme Reise mit seiner Schaukel anzutreten.

Kurz vor der Haltestelle Elstal macht sich der konsumwütige Mob bereit zum Ausstieg. Es gilt, möglichst als Erster den Zug zu verlassen, um auf der Überführung in Richtung Outletstore nicht wertvolle Zeit im Fußgängerstau zu verlieren. Im Abteil ist es nun merklich leerer, die schnatternden Rentner sind nicht zu hören. Aber vielleicht wollten die doch bei *Forever 18* oder *New Yorker* ein paar Röhrenjeans kaufen und sind ausgestiegen, anstatt weiterzufahren und auf der Bundesgartenschau Astern anzugaffen.

Ich lümmele mich in den Sitz und glotze aus dem Fenster. Keine Unfälle, keine Naturkatastrophen, nur grauer Himmel und ein einsamer Hase auf dem kahl rasierten Acker. Im Mittelgang höre ich eine Stimme: »Nun loof doch mal, du blödet Vieh.«

Der Flaschenspenderpunk kommt den Gang entlang und zieht seinen Köter hinterher, der anscheinend nicht mehr laufen will. Ich schalte um auf desinteressiert und schenke ihnen keine weitere Beachtung. Da erklingt plötzlich mein Spitzname, den ich vor langen Zeiten eigentlich abgeschafft hatte: »Mensch, Lude, wat machstn du hier!?«

Schon in der Schule nannten mich Freund und Feind »Lude«, abgeleitet von meinem Familiennamen. Warum auch nicht? Ein junger Mensch ohne Spitzname ist ein späterer Kandidat für ein tristes Leben als Randerscheinung. Erst als ich nach der Wende erfuhr, dass der Begriff »Lude« für jene Berufsgruppe stehe, welche Frauen nach bezahltem Geschlechtsverkehr die verdienten Mücken abknöpft, bemühte ich mich, diese Betitelung wieder loszuwerden, da ich nicht in Verruf geraten und für Gerüchte sorgen wollte.

Der Punk strahlt mich an, und erst jetzt erkenne ich ihn: »Ach! Tach, Berndte. Lange nich jesehn, wa? Setz dich!«

Na ja, der Berndte. Er hatte sich verändert. Aber nach anderthalb Jahrzehnten galt das wohl auch für mich. Trotzdem war er noch forever Punk.

»Hast dir verändat, Lude. Bisschen auseinanderjejangen, wa?«

»Na, kiek dir mal deine Suffresse an. Wie heißtn der Hund?«

»Stalin. Willsten Bier?«

Da sitzt er mir gegenüber, der Berndte, während Stalin sich unter die Sitze verkriecht. Erinnerungen an wilde Provinzpunkzeiten kommen in mir hoch. Berndte verkörpert in diesem Moment all die ganzen Nasen, die in den Neunzigern in unserer kleinen Stadt, egal ob mit Bierpulle, E-Gitarre oder Zwille bewaffnet, die Flagge der Rebellion hochhielten.

Berndte kramt in seinem speckigen Rucksack und holt klappernd zwei Flaschen Sternburger an das Tageslicht. Frühstück ohne Kaiserschnitt. Stalin hält die Nase in den Klimaanlagenwind und schnuppert.

»Für dich gibts jetz nischt. Hinlegen!«

Mit Feuerzeug und Bauarbeitercoolness köpft er die beiden Billigbiere und reicht mir eins rüber.

»Prost erst mal, Lude! Uff die alten Zeitn.«

»Ja, ja, Cheers. Wohin willstn?«

Berndte sagt erst einmal nichts und nimmt einen langen Schluck. Stalin schielt mit einem Auge hoch zu seinem Herrchen. Ein Hundeblick, so hoffnungslos wie routiniert. Berndtes Rucksack lässt mich einen längeren Trip vermuten.

»Kurz mal bei meine Alten Jutn Tach sagn und danach uffs Land. Ick hab da ne Freundin, weeßte.«

»Uffn Dorf? Verpass die Postkutsche nich«, halte ich mich kurz.

»Wir sind schon ne Weile zusammen«, gibt Berndte sich monogam, »meene Süße macht da mit andern Leuten uff Landkommune. Hühner, Hunde, jute Luft und so.«

»Stressurlaub für Stalin, wa!?«

Die Regionalbahn trollert so dahin, und wir zuppeln an unseren Vormittagsbieren. Kurze Gesprächspause, abschweifende Gedankengänge. Bilder aus den Neunzigern kommen hoch, Konzerte, Haschisch, Action. Berndte war oft mit dabei, seine verschworene Combo innerhalb unserer kleinen Szene hatte einen gewissen Ruf. Preisgünstige Fahrräder waren bei ihnen genauso zu haben wie die blauen Flecken, die man sich holte, wenn man ihnen beim Pogo tanzen zu nah kam. Je krawalliger die Band, desto wilder zelebrierten sie ihren Volkstanz. Bei einem Spiel des FC St. Pauli in Berlin schlappten er und seine Kumpels mit Plastiktüten an den Füßen durch den Gästeblock. Dass in den Stadien der Bundesrepublik Boots mit Stahlkappen seit Jahren verboten waren, war glatt an ihnen vorbeigegangen.

»Und, Berndte, immer noch unterwegs? Konzerte, Fußball und so?«

»Ach, mal son gepflegter Auftritt von ner Band, die coole Mucke macht, da bin ick noch dabei. Neulich war ick bei *EA80* im *SO36*. War jut. Und du, Lude? Wie heißt der Verein, wo du die letzten Jahre immer hinjerannt bist? Blau Weiß Neunzich?«

»Tennis Borussia, Berndte, kurz auch TeBe betitelt. Jepp, da geh ich noch hin.«

Vor ein paar Jahren hatten wir uns dort mal getroffen, als

TeBe gegen St. Pauli in der ersten Runde des DFB-Pokals spielte. Berndte und ein paar andere Punks hingen vor dem Gästeeingang ab, um für einen Tag als lässige Norddeutsche durchzugehen. Unsere Begrüßung war kurz und wurde herzlos, als ich verkündete, dass ich weitermüsste, zum Heimeinlass. Für Berndte und Co war ich ab dem Moment der Freak, der zum Berliner Bonzenclub rannte. Von unserer kleinen Combo im Block E konnten sie nichts wissen, waren wir doch eine von vielen Randgruppen mit entsprechender Attitüde, die in einer großen Stadt schnell mal untergingen. Etwas später erfuhr ich, dass Berndte und Anhang während des Spiels die Vereinsfahne von TeBe von der Fahnenstange im Stadion geklaut hatten, um sie später in ihrer Wärmestube mit Eddingstiften zu besudeln. Jahre später, als TeBe zweimal abgestiegen war und beim Fußballverein in unserem ehemaligen Heimatkaff zum Punktspiel antreten musste, besuchten wir nach dem Match noch die Kneipe, veranstalteten lila-weiße Berliner Folklore und nahmen die inzwischen verranzte Fahne wieder mit in die Hauptstadt. Ein paar Gestalten in Lederjacken leisteten keine Gegenwehr, hingen am Tresen und grinsten uns an.

»Hä, hä.«

»Schöne Bilder mit nackige Frauen habta hier in eurem linken Café an der Wand«, meinte ein Berliner Fan.

»Hö, hö.«

Drei trinkfeste Brüder schenkten uns ihr charmantestes Lächeln.

Inzwischen ist das Bier alle, und wir nähern uns unserem Zielbahnhof. Berndte will mir noch ein Wegbier andrehen, ich lehne dankend ab.

»Mensch, Lude, nun sind wa schon fast da«, stellt Berndte richtigerweise fest. Er zottelt an der Hundeleine, und Stalin macht sich mit einem ausgiebigen Gähnen bemerkbar. In Berndtes Rucksack klappern noch mindestens drei Flaschen Bier.

»Na klar, Berndte, war jut. Danke fürs Sterni!«

Gemeinsam schlendern wir durch den Bahnhofstunnel. Stalin kläfft die Rentnergruppe an. Westbrandenburgische Reviermarkierung. Eine Mittfünzigerin mit Serviceweste hält uns keine Broschüren über die Bundesgartenschau unter die Nase. Für sie sind wir keine Blumenfreunde, die den Weg zum Shuttlebus wissen wollen. Auf dem Vorplatz lässt Berndte zwecks Auslaufs seinen Hund von der Leine. Stalin dreht eine Runde und lüftet seine Zunge. Anschließend kackt er in die Blumenrabatten, die den in Stein gemeißelten berühmten Sohn der Stadt umgeben. »Ohne Hermann keine Brille, ohne Duncker keine Durchsicht.« Die Stadt der Optik sieht so trostlos aus wie immer. Die Rentner tapern zum Shuttlebus. Aus der ehemaligen Mitropa, die jetzt ein Spielautomatencasino ist, stolpert ein angetrunkener Typ. Berndte bleibt am Bahnhof hängen, um den Busfahrer der Stadtlinie auf sein Herz für Tiere zu testen. Seine Eltern wohnen inzwischen in einer Einfamilienhaussiedlung am Stadtrand. Sie sind, wie viele, dem Plattenbaughetto im Stadtteil Ost entflohen. »Warum also laufen«, meint Berndte zum Abschied noch zu mir und köpft sein drittes Sternburger. Ob der Busfahrer ein Herz für Sternitrinker hat, sollte sich mir nicht mehr erschließen.

Gemächlich schlendere ich durch die herzlose Stadt und lasse meine Begegnung mit Berndte nachwirken. Es ist immer schräg, Leute zu treffen, die ich Jahre nicht mehr gesehen habe. In den ersten Minuten entscheidet sich meistens, ob wir uns noch etwas zu sagen haben. Falls nicht, und wenn dann der Absprung nicht geschafft wird, kann es anstrengend werden. Mit Berndte war es aber in Ordnung, auch wenn wir unterschiedlich ticken. Er St. Pauli, ich TeBe, er ein Sternitrinker, ich ein Berliner-Pilsener-Prominenter. Aber Berndte ist eine der Kutten, die mir ehrlich begegnen, ohne Verstellung und ohne Verschraubung. Kein inszeniertes Geträller, keine geheuchelte Freude. Ich freue mich über die Berndtes dieser Welt und verachte die Pseudos dieses Sonnensystems. Hinter mir schallt es über den Bahnhofsvorplatz:

»Ooh Maaann, Stalin, du Vogel! Lass den andern Köter in Ruhe, und komm her jetz!«

Ein Mann und sein Freund, der Hund. Stalin und Berndte, so originell wie präsent.

»Ach, Lude, eh icks vajesse«, krakeelt Berndte mir hinterher, »nächste Woche spielt *Zusamm-Rottung* im *Café Handjemenge*. Komm doch auch mal wieda!«

Hier im Provinziellen auf einem Bahnhofsvorplatz muss mir nichts peinlich sein. Lautstark schäkere ich zurück: »Berndte, ick bin ein alter Mann und verspreche nischt. Aber klingt jut. Und wenn ick komme, spendier ick dir ein Schultheiß. Du brauchst Vitamine. Sport frei!«

Riechsalz

BFC, FCM, TeBe und Union – vier Vereine, vier Interpreten. Drei Autoren, ein Disc-Jockey, vier Fans, vier Männer. An zwei Terminen wollen wir zwei Lesungen mit anschließender Tanzmusikveranstaltung absolvieren. Vereinsübergreifend und Grenzen überwindend. Eine im *FuK*, also im *Fußball und Kultur* im Wedding, eine im Friedrichshain – einer mutmaßlichen Veganerkneipe namens *Jägerklause*.

Beide Veranstaltungsorte sind grundsolide und tolerant. Im Weddinger *FuK*-Tempel tummeln sich allerlei Fußballfans von allerlei Vereinen gemeinsam am Tresen. Ohne Haue und ohne Probleme. Warum auch nicht? Denn wieso soll ich mich mit einem Nürnberger oder Rostocker Sympathisanten in die Haare kriegen, nur weil die Barhocker, auf denen wir uns angeschraubt haben, zufällig nebeneinanderstehen. Pack schlägt sich, aber Hotten wie wir vertragen sich eben. Ein Schnaps, ein Bier, Prost aufs Hartz IV.

Schon bei früheren Lesungen präsentierte ich mich in dem Weddinger Etablissement ganz ordentlich. Bei einer der Veranstaltungen hatte sich ein Unioner in mich verguckt. Während meines Vortrages jubelte er mehrmals dazwischen:

»Eyyy, Florian! Du bist unser Mann!« Als Dankeschön brachte ich ihm zwei Flaschen Bier mit vom Kühler, denn im Wedding durfte der gemeine Fan noch selber zulangen. Der Wirt hakte nur ab. In einem Akt schneller medizinischer Hilfe öffnete ich ihm die erste Pulle, um anschließend notfallprophylaktisch die zweite vor seiner leicht gebückten Erscheinung auf dem Tresen zu parken.

Die familiäre Atmosphäre im *FuK* hatte es mir angetan, es war wie ein einsames Weihnachten mit einer vollen Flasche Nordhäuser Doppelkorn. Selbst als ich mich bei meinem ersten Vorlesen, anlässlich des Jubiläums des Berliner Fanclubs des 1. FC Nürnberg, mit einem äußerst flachen Begrüßungsspruch zum Schüttelhorst gemacht hatte, verziehen die anwesenden Frankenfreunde es mir.

»Liebe Bayern, liebe Greuther Fürther! Los jehts!«

Ein einsames, aber deutliches »Ha ha« verwies mich in die Schranken, und ich konzentrierte mich auf das Vornuscheln meiner Texte.

Im Vorfeld der Doppelveranstaltung im Wedding und im Friedrichshain hatte ein Skinhead aus dem Berliner Umland niedliche Flyer mit bekannten Figuren aus Kindersendungen des öffentlich-rechtlichen Fernsehens produziert. Neben den üblichen »Wieso, Weshalb, Warum«-Ankündigungen auf dem Motiv spielten der blaue Elefant und die ihm körperlich überlegene Maus miteinander Fußball. Der Elefant für Magdeburg, die Maus für den BFC. Der kleine tschechische Maulwurf hatte sich mitten auf dem Platz freigebuddelt und guckte mit lila-weißer Tennis-Borussia-Bommelmütze zu. Das wäre dann wohl ich. Eigentlich ein putziges Bild, wenn da nicht der fröhliche Skinhead hinter der Werbebande des Berliner Fanprojektes stehen würde. Sein Künstlername prangt in roten

Buchstaben über dem kurzhaarigen Comicskin mit CD und Förstereifahne in der Hand: »DJ Bierfotze«.

Das würde interessant werden, dachte ich mir und schwelgte in Vorstellungen über die anstehende Verteilaktion der Flyer im Fanladen von TeBe. Würden mich studentisch geprägte Fans stundenlang zuquatschen und mich anschließend auffordern, mir gründlich die Hände zu waschen? Müsste ich kollabierten Jusos und ohnmächtigen Hipstern Riechsalz unter die Nase halten, um sie nach dem Bierfotzenschock wieder zurück ins Leben zu holen?

Im Endeffekt wurde es nicht so schlimm, nur ein Exilkarlsruher mit Sportclubaffinität und Kaderschliff vom Bündnis aktiver Fußballfans schwäbelte mir etwas vor: »Bierfotze?«

Aber wahrscheinlich kotzte es ihn nur an, dass die KSC-Kumpels von Hertha BSC nicht mit einem eigenen Vorleseonkel auf den angekündigten Veranstaltungen vertreten sind.

Denn selbst die Mutter meines Sohnes hatte sich nach einigen Wochen daran gewöhnt, und das sollte was heißen. Bei einer unserer abendlichen Bettkonversationen philosophierte ich laut vor mich hin: »›DJ Bierfotze‹ ist so gekünstelt stulle, dass es schon wieder lustich is. ›DJ Muschipils‹, das wär fies!«

»Ja, ja. Gute Nacht!«

»Du ooch! Oi, oi, oi!«

Kassenbonkontrolle

Schreib- und Vorlesekollege Andreas Gläser, dynamischer Buch- und Fanzineveröffentlicher, thematisierte in einer seiner Kolumnen, die er jede Woche für das *Neue Deutschland* verfasste, das Ableben diverser Idole, womit ich mich auch schon textlich auseinandergesetzt und das fertige Fabrikat bei einer gemeinsamen Lesung in die spärliche Öffentlichkeit geträllert hatte.

Einleitend schrieb er darüber, wie seine Oma im thüringischen Apolda die Tageszeitung las, um durch das Studium der Todesanzeigen abzuklopfen, wer in dem kleinen Städtchen in Zukunft nicht mehr den Konsum besuchen würde. Auch der Rest der Kolumne, die ich im Internet las, war dufte, und das nicht nur, weil ich in einem Satz auftauchte. Mehrmals musste ich halb trocken gackern und anschließend den halb feucht besprenkelten Bildschirm abwischen.

Denn es tauchten Bilder der Erinnerung, längst vergrabenes Langzeitmaterial meines Gedächtnisses, wieder auf:

Ich war Kind, und auch in der DDR hatten Kinder Ferien. Im Sommer, Winter, Frühling und Herbst, zu Weihnachten und Ostern, denn der reale Sozialismus hatte natürlich mehr als vier Jahreszeiten zu bieten. Oft verbrachte ich einen Teil der schulfreien Zeit bei meinen Großeltern auf dem Land, in einem Dorf mit LPG, Friedhof und Konsum. Felder, Wälder und ein Fußballplatz, auf den ich mich wegen der älteren Dorfrüpel nur selten traute, rundeten die triste Idylle im Märkischen ab. Oft kickte ich allein meinen Fußball gegen den hölzernen Lattenzaun, der Omas und Opas Haus und Hof begrenzte. Keins der Hühner, die sie sich auf selbigem hielten, wollte sich am sportlichen Wettstreit beteiligen. Hysterisch flüchteten die Flatterviecher über den Hof, wenn meine halbwegs präzisen Schüsse sie zum Mitspielen animieren sollten. Gerne fuhr ich auch mit meinem Fahrrad, einem gebrauchten Modell aus dem Westen, durch das Dorf, um damit anzugeben. Da ich beim Fahren Herr über eine Dreigangschaltung war, konnte ich die Dorfrowdys fast immer abhängen, zumindest dann, wenn die Nachwuchsbauern in Holzpantinen, Essengeldturnschuhen oder Gummistiefeln unterwegs waren. Hinter den Fenstern wackelten oft die Gardinen, und die Eltern der Dorfjugend erzählten sich wahrscheinlich, dass der wunderliche Junge von Ludwigs wieder unterwegs wäre.

Während mein Opa sich um Garten, Hof und Hühner kümmerte, bereitete Oma das Mittagessen vor, guckte im Westfernsehen *Biene Maja* oder *Heidi* oder wackelte mit den Gardinen, um zu sehen, ob der Molkerei-Lkw schon den Dorfkonsum angesteuert hatte. Wenn ja, wurde Frischmilchalarm ausgelöst, und viele ältere Frauen des Dorfes bewegten sich mit Kopftuch und in Kittelschürze in Richtung Konsum. Von dort brachte Oma oft auch, neben der Milch, verschrumpelte Bockwürste und den neuesten Dorftratsch mit. Auch wenn sie immer wieder betonte, dass sie nicht so ein Klatschweib sei, hörte Oma wohl zumindest genau zu, was die Klatschweiber an der Kasse oder am Fleisch- und Wurststand zum Besten gaben. Meistens wurde dort bekannt, welche Familien es bei der Grabpflege auf dem Friedhof nicht so genau nahmen, wer die LPG um fünf Säcke Zement erleichtert hatte und wann der Bürgermeister mal wieder mit seinem Trabant besoffen in die Kreisstadt gegurkt war.

Ein weiteres Ritual nach der Rückkehr aus dem Konsum war das akribische Prüfen des Kassenbons, ein ernst zu nehmendes Hobby, welches sie mit den Tratschweibern im Dorf gemein hatte. Mit kritischem Adlerblick und spitzem Bleistift wurde die Auflistung konzentriert von oben nach unten durchgerechnet. Da die oft schlichten Verkäuferinnen des Konsums bei den Dörflern keinen guten Ruf hatten, erfolgte die nachträgliche Kontrolle des Kassenbons mit grundsätzlichem Misstrauen. Stimmte die Flaschenpfandsumme, haute das DDR-Mark-zu-Gramm-Verhältnis bei der Leberwurst hin? Es war selten, dass meine Oma nichts Auffälliges ermittelte, was dann zur Folge hatte, dass den Verkaufsweibern aus dem Konsum alles Mögliche angedichtet und unterstellt wurde. Von Vetternwirtschaft und Beschiss, persönlicher Bereicherung und Pfandmafia war die Rede. Die Fachkräfte des täglichen Bedarfs schienen allesamt skrupellose Schummelhexen zu sein.

Um die Nerven zu beruhigen, angelte sie anschließend meist die *Märkische Volksstimme* aus dem Briefkasten, um sich ihrem täglichen Studium der Alltagswissenschaften hinzugeben. Todesanzeigen, Geburtstagsgrüße und das Kreuzworträtsel, in genau dieser Reihenfolge wurde das sozialistische Tagesblatt durchgearbeitet. Die restlichen 98 Prozent Inhalt, revolutionäre Storys aus der weiten Welt des Warschauer Paktes und der acht Kilometer entfernten Kreisstadt, interessierten sie nicht, wurden aber beiseitegelegt, um später als

Kohlenanzünder, Schuhtrockner oder Kotelettverpackung Verwendung zu finden. In schaurig-schöner Erwartungshaltung begann sie mit den Verstorbenenannoncen: »Ach kiek an, nun is die Olle doch tot! Im Kreiskrankenhaus wahrscheinlich. Einundachtzich isse jeworden. Na ja!«

Gelangweilt hing ich auf der Couch, und fragte hier und da nach: »Wer denn? Biene Maja oder Heidi?«

»Werd nich frech, Junge! Sonst jibts morgen keine Senfeier zu Mittach.«

Darüber machte ich mir nun wenig Sorgen, denn ein warmes Mittagessen mit Kompott gehörte zum Tagesablauf genauso dazu wie die silberne Baumspitze auf der Weihnachtskiefer, welche mein Onkel jedes Jahr, meistens zu nächtlicher Stunde, kostengünstig im Wald besorgte.

»Ach, und die Schneidersche hats ooch erwischt. Früher hatse inne LPG im Stall jearbeitet. Das Aas! Die Beisetzung in aller Stille ... Na, bei der kommt doch eh keener.«

Danach widmete sie sich den Geburtstagsgrüßen der Volkssolidarität, wo jeder Rentner mit vollem Vor- und Zunamen, Wohnort und erreichtem Alter erwähnt wurde. Für Oma waren diese Informationen interessant, da hier die Kandidaten für eine alsbaldige Todesanzeige zu finden waren.

Wenn sie dazu überging, das Kreuzworträtsel zu lösen, wurde es mir dann oft zu doof, und ich verkrümelte mich nach draußen. Denn bei irgendwelchen Flüssen im Süden der Sowjetunion mit sechs Buchstaben oder toten Dichtern, senkrecht und mit elf Buchstaben, konnte ich ihr auch nicht helfen.

Einmal bastelte ich mir, dank Oma und *Märkischer Volksstimme* frisch informiert, einen Marmeladendeckel an die Fahrradspeichen, damit es beim Fahren so ein schönes Rattergeräusch geben würde. Anschließend fuhr ich auffällig durch das Dorf. Ein Dorfrüpel stand an der Bushaltestelle und verspottete mich. Einige sichere Meter weiter hielt ich an und rief ihm hinterher: »Deine Familie stirbt nächste Woche. Stand heute inne Zeitung.«

Berndte – Kreisstadtpogo

Berndte hat einen Eimer geraucht. Mischung in den Aufsatz aus Alufolie, Alufolienaufsatz auf die Trinköffnung der abgesägten Eineinhalbliterpulle aus Plastik und die ganze Konstruktion unter permanenter Befeuerung der Tabak-Gras-Mischung langsam im Wassereimer nach oben gezogen. Aluhut runter, Schnute auf die Flaschenöffnung und mit schnellem Wutsch die Plastikflasche wieder nach unten gedrückt, was dafür sorgt, dass sich der im Flaschenbauch befindliche Rauch in Berndtes Lungenflügel schiebt.

Berndte ist breit. Mit dem geklauten Fahrrad schiebt er sich durch die Straßen der kleinen Stadt. Während im letzten Herbst eine Abiturklasse im örtlichen Kino einer demokratischen Pflichtfilmvorführung beiwohnte, zockten Berndte und seine Bekannten in einer konzertierten Aktion die Fahrräder der Gymnasiastenmeute. Berndte hatte dadurch ein völlig korrektes Berg- und Geländefahrrad abgefasst. Es rollte, bremste und konnte fliegen. Zumindest dann, wenn Berndte einen Eimer geraucht hatte.

Die Stadt ist so tot, wie die Mischung im Aluaufsatz inzwischen kalt ist. Keine Taube singt das Lied von den hochgeklappten Bürgersteigen. Einsam leuchtet eine Ampel zweifarbig. Die geht immer erst nach 22 Uhr aus, egal wie stark der motorisierte Durchgangsverkehr stattfindet oder nicht. Ein einzelner Lkw schiebt sich auf der Bundesstraße entlang. Bunte Buchstabenlichter hinter der Frontscheibe verkünden die Liebe des Fahrers zu einer Doreen und zu Hertha BSC. Der Transporter ballert auf sechs oder acht Rädern über den Asphalt, und die verlassenen Russenkasernen schwanken aufgrund der freigesetzten physikalischen Schwingungen. Berndte wartet auf ein Wunder, auf einen Teilabriss zu nächtlicher Stunde.

Nachdem die Russen abgezogen waren, standen die Kasernen leer, verranzt und runtergerockt, Altöl im Boden, alte Munition hier und da. Nur die wenigsten Bewohner der Kleinstadt hatten vor '89 nichts zu meckern über die kasernierte Nachfolgegeneration der Befreier. Diverse geplünderte Spargelfelder und ausgeräumte Fahrradschuppen wurden ihnen angelastet. Ein Russe ohne umlackiertes Fahrrad war so selten wie ein Kasten Radeberger in der Kaufhalle. Wenn die Ehematroschkas der sowjetischen Offiziere sich in der Schrippenschlange beim Bäcker vordrängelten und die Ehekartoffeln ostdeutscher Zivilisten sich erdreisteten, in postfaschistoides Gemecker zu verfallen, reichte meist eine klare Ansage.

»Habt ihr Krieg gewonnen oder wir?«

War dann doch mal ein junger Russe vor dem schikanösen und kargen Kasernenleben auf der Flucht, meist eine arme Sau von niedrigem militärischem Rang, wurde er von der Bevölkerung mit Stullen und 21-Pfennig-Brause unterstützt. Der Ostler an sich hasste das Besatzersystem, zeigte bei Einzelschicksalen aber Herz und Butterbrot. Junge Deutsche tauschten bei den Rotarmisten gerne Bier gegen frisches Brot aus der Kasernenbäckerei, welches einen guten Ruf hatte. Nach der Wende gab es am selben Zaun für ein paar Flaschen Schnaps Handgranaten und Gasmasken. Der Wiedervereinigungsvertrag besagte, dass kein Fußlappenrusse mehr im neuen Deutschland etwas zu suchen hätte. Auch in der Kleinstadt packten sie ihre Sachen und schubsten ihre Panzer auf die Flachwaggons. Das Altöl und die Munition mit abgelaufenem Mindesthaltbarkeitsdatum blieben da, die umlackierten Fahrräder kamen mit. Keine Jubelgermanen waren zu ihrem Abschied am Nebenbahnhof erschienen, nur ein paar Provinzpolitiker waren mit heuchlerischem Grinsen angetreten, um den ehemaligen Befreiern zum Sound der örtlichen Feuerwehrkapelle verlogen hinterherzuwinken.

Die Russen waren weg, die Tristesse der Kreisstadt, die neuerdings zum Bundesland Brandenburg gehörte, blieb. Berndte und Co schwebten in einem provinziellen Universum, dem die alte Ordnung genommen war und in dem die neue nicht richtig zu Potte kommen wollte. Als ehemaliger Thälmann-Pionier gehörte nicht nur Berndte zu jenen, die mit der Aufbruchstimmung und dem Pioniergeist ab 1989 nicht wirklich klarkamen. Gestartet im Sozialismus, gelandet zwischen Pornos und Bananen. Viele Jugendliche sahen ihre Eltern verbittert auf der Couch sitzen, mit Dosenbier und *Superillu*. Der ehemalige Arbeitsalltag wollte neu organisiert werden, und ehemalige Montagsdemonstranten verfielen in eine von Montag bis Sonntag anhaltende Lethargie. Um Berndte herum hatten viele Leute viel Freizeit. Einige seiner Kumpels hatten noch einen regulären Schulabschluss eingefahren, mit dem sie theoretisch berechtigt waren, eine Berufsausbildung zugewiesen zu bekommen. Auch Berndte hatte die zehn Klassen in zehn Jahren absolviert, eine Ehrenrunde blieb ihm erspart. Lustlos ließen seine Lehrer ihn alle Prüfungen bestehen. So wie er mit Beginn des neuen Jahrzehnts keinen Respekt mehr vor ihnen hatte, hatten die Lehrkörper mit Vergangenheit keine Lust, vom rebellierenden Mob auseinandergeschraubt zu werden.

Auf vielen Schulhöfen, in vielen Elternhäusern und in den nächtlichen Seitenstraßen liefen viele kleine Rachefeldzüge auf verschiedensten Ebenen ab. Die ehemalige Freie Deutsche Jugend war von der Kette gelassen; und niemand hatte Lust, sich ihr entgegenzustellen. Wenn ehemalige Volkspolizisten in schrottreifen Streifenwagen sich bei eingehenden Notrufen hinter ihren Kaffeetassen versteckten, warum sollten dann Pädagogen mit verschrottetem Weltbild mit dem rotierenden Karneval der neuen Subkulturen auf Bildungskonfrontation gehen?

Berndtes ehemalige Russischlehrerin arbeitete jetzt am Imbiss im Kiez. Da, wo das Dosenbier so billig war, wie der Döner schmeckte, traf die Alte so manchen ihrer ehemaligen Schüler wieder. Oftmals schauten die ehemaligen Bekannten aus dem Drushba-Unterricht aneinander vorbei. Freundschaft hieß jetzt Gangmitgliedschaft und nicht mehr internationale Solidarität. Auch Berndte ignorierte die Alte, so wie sie ihn. Die Erinnerungen an die gemeinsame Vergangenheit im Moment des Dosenbiererwerbs waren wie Bilder aus einem anderen Universum.

Trotzdem war der Imbiss ein beliebter Anlaufpunkt, und nicht selten kam es zu Kontakten verschiedenster Art zwischen der alkoholabhängigen Stammkundschaft und den Mitgliedern der aufbegehrenden Jugendkulturen. Wenn Erstere die Jugendlichen als Zecken beschimpfte, gab es auch mal etwas aufs Maul. Schlägereien waren ein Volkssport, der schon vor der Wende beliebt gewesen war und ab '89 in Fragen der Bewaffnung und Härte neu konzipiert wurde. Irgendwann hatten sich Berndte und seine Combo den Respekt verschafft, der sie legitimierte, im Umfeld des Imbisses Versammlungen abzuhalten oder zu späterer Stunde auch mal ein Feuer in einer alten Tonne zu entfachen. Es gab ja sonst kaum Möglichkeiten, sich in vollständiger Kompaniestärke zu treffen. Für die Kids der Gosse blieb oft nur die Straße. Einige hatten zwar schon Wohnungen, die in der Kreisstadt auf einmal zu haben waren wie Sand am Strand, aber in diesen unsanierten Löchern zu sitzen und sich im Winter eine schöne Kohlenmonoxiddröhnung einzufangen, weil die Öfen kaputt waren, war eben nur im Winter eine Option. In allen anderen Jahreszeiten lockte die frische Luft.

Manchmal am Abend fuhren die Faschos in ihren Gebrauchtwagen am Imbiss vorbei, und je nach aktueller Spannungslage in der Stadt wurden sie entweder mit Zwillen beschossen oder einfach ignoriert. Die Fronten in der Stadt waren verhärtet, und einige von Berndtes Kumpeln hatte es auf dem abendlichen Weg nach Hause schon erwischt. Berndte hatte bisher Glück gehabt, und er wollte nicht in die Kristallkugel gucken, um zu erfahren, wie lange dies noch so blieb. Im Bewusstsein der Faschoplage lebte Berndte von Tag zu Tag und dachte nicht an morgen.

Das Eimergebuffe zeigt immer noch seine volle Wirkung, und Berndte rollt entspannt und gemächlich ins Plattenbauviertel. Vorbei an der Kaufhalle, weiter in Richtung Sportplatz. Dort hinten, im letzten Block, wohnt Berndte mit seinen Eltern und hat ein halbes Zimmer zu seiner alleinigen Verfügung.

Hier im Neubauviertel waren in den letzten Jahren viele abgehauen, gen Westen oder große Stadt. Familien, Verhuschte, ehemalige Kader, alles Leute, die zu Ostzeiten ihr letztes Westhemd für die Erlaubnis gegeben haben, eine der beliebten Plattenbauwohnungen mit Fernheizung beziehen zu können. Auch die Alten von Berndte bestachen damals die Apparatschiks der örtlichen Wohnungsbaugenossenschaft mit

Westschnaps und Ostspargel aus Omas Garten, um in den Genuss der Abkommandierung in eine der Wohnungen zu kommen. Der Umzug aus der zugigen Altbauwohnung erfolgte während der Arbeitszeit, Berndtes Alter hatte einen altersschwachen Lkw und ein paar trinkfeste Umzugshelfer organisiert. Pünktlich zur Mittagspause, nachdem die Kollegen den guten Mittelteil der Schrankwand aufgrund ihres erhöhten Promillespiegels ramponiert hatten, standen sie wieder, mehr oder weniger schwankend, im Betrieb, um rauchend und saufend auf den Feierabend zu warten. Mutters Budapester Salat kam bei den Kollegen gut an, auch wenn einer der Werkzeugmechaniker den wieder auf den Betriebshof reierte. Im ostdeutschen Alltag regierte nicht nur der Arbeiter und Bauer, sondern auch der Weinbrand und der Klare.

Es lebte sich unaufgeregt in den hellhörigen vier Wänden. Spannend wurde es nur, wenn der Parteibonze im vierten Stock im Suff seine Alte vermöbelte oder lautstark nationalsozialistisches Liedgut grölte. Keiner der Nachbarn rief deswegen die Volkspolizei, denn das Anscheißen einer systemrelevanten Kraft konnte für den Ärger sorgen, den niemand wollte. Die Anwohner an sich wuschen am Sonntag ihre Autos vor dem Wohnblock oder verbrachten die kostbare Freizeit in der Datsche oder der Kneipe ihres Vertrauens. Am Abend wurde Westfernsehen geguckt, ohne den Lautstärkeregler am Schwarz-Weiß-Fernseher überzustrapazieren. Sendungen wie *Wetten, dass ..?* oder Übertragungen von Spielen der westdeutschen Fußballnationalmannschaft sorgten für leere Straßen und Plätze in der kleinen Stadt.

Vor Berndtes Eingangstür steht eine Pulle Oettinger mit einem Zettel dran. Es ist eine Nachricht, eine Mitteilung von Oimel, Berndtes bestem Kumpel.

»Morgen abends Party! Saufen aufm Berg, beim Turm. Weitersagen!«

Oimel wohnte nur zwei Blocks weiter, ebenfalls noch im halben Zimmer der elterlichen Plattenbauwohnung. Seine schmantigen Doc Martens im Wohnungsflur mit der guten Auslegware sorgten oft für Auseinandersetzungen mit seinem Vater und für betrübtes Seufzen seiner Mutter.

»Junge! Was soll noch aus dir werden?«

Oimel ignorierte das übliche Tohuwabohu meist mit Türkknallen und dem Hochkurbeln seiner Musikanlage auf dreiviertellaut. Einige Nachbarn genossen daraufhin das abendliche Fernsehprogramm mit musikalischer Untermalung von Radaugruppen wie *The Exploited, Slime* oder *Dead Kennedys*. Nazipunks sollten offfucken, damit Deutschland sterben konnte. Oimels radikale Mitgrölrefrains kamen bei den Anwohnern inhaltlich aber nicht an. Oimel war das egal, solange er unter seinem Bett noch ein Bier oder in der Lederjacke einen letzten Brösel fand. Ob er am nächsten Morgen ein weiteres Mal den Besuch seiner Berufsausbildungsstätte boykottieren würde, konnte er dann immer noch entscheiden. Warum sollte er auf dem Bauhof einer Karriere als Betonbauer entgegenschruppen, wenn er oft sogar too drunk to fuck war?

Berndte fand Oimel und seine Lebensphilosophie in Ordnung, ließen sich bei ihnen doch mehr Gemeinsamkeiten finden als Widersprüche. Beide tranken und stanken, kifften und schifften. Oft auf den Gehweg, selten in der öffentlichen Toilette der kleinen Stadt.

Das Abendprogramm für den nächsten Tag wäre gesichert, und Berndte kann auf dreckigen Sohlen in die Wohnung taumeln. Aus dem Wohnzimmer plärrt der Fernseher das monotone Lied des deutschen Privatfernsehens, unterfüttert vom Schnarchen seines Alten. Muttern jodelt von der

Couch: »Im Kühlschrank steht noch Eintopp. Kannste dir warm machen.«

Berndtes abendliches Einchecken war meistens unproblematisch, seine Erziehungsberechtigten verzichten auf Promillekontrollen oder moralischen Singsang.

»Danke, Mutti, aber ick bin müde. Werd mir gleich hinhaun.«

Nach so einer Eimerziehung hat Berndte zwar immer ziemlichen Hunger, aber nicht unbedingt auf die rustikalen Erbsen- oder Linsensuppen seiner Mutter. Da hauen auch die Bockwurststücke nichts mehr raus. Im Hängeschrank der himmelblau gehaltenen Küche findet er noch eine Tüte Erdnussflips. Er krallt sie sich und taucht in sein Zimmer ab. Beine hoch, Mucke an. Nicht ganz laut, nicht zu leise. Irgendwann dösen, später Schlaf.

Am nächsten Morgen flötet seine Mutter lautstark durch die geöffnete Tür: »Berndte! Los, hoch, is schon sechse durch!« Bereits angezogen zieht sie sich noch mal in die Küche zurück, um ihre Handtasche zu holen. Auch als Fleisch- und Wurstfachverkäuferin braucht sie ihren Weiberschnickschnack wie Lippenstift und Taschentücher.

Bis zur Wende schruppte sie ihre Aufschnitt- und Hackepeterschichten in der Kaufhalle des Viertels. Dort sorgte sie an den Freitagen dafür, dass Bratwürste und Eisbeine nur auf den Grills und in den Pfannen guter Bekannter landeten. Bei dieser Art des Tauschhandels sprang für Berndtes Familie auch schon mal eine Woche Ostseeurlaub im Bungalow oder ein Ersatzteil für Vaters Wartburg heraus. Nach neun Monaten Arbeitslosigkeit ackert seine Mutter nun im Kaufland an der Gammelfleischtheke. Immer im Zweischichtsystem, immer mit der Sorge, dass das pseudofrische Fleisch irgendwann doch abgepackt im Selbstbedienungsregal landet und nicht mehr von ihr und ihren Kolleginnen als Fleischerware angepriesen wird. Mit Anfang fünfzig würde es Berndtes Mutter trotz ihrer Qualifizierungen schwerfallen, noch einen neuen Job zu finden. Berndtes Vater war inzwischen auf Kurzarbeit gesetzt, aber noch konnte er immerhin jeden Morgen das Haus im Blaumann verlassen.

Berndte dreht sich noch mal um und starrt die Wand an. Würde er jetzt aufstehen, schaffte er es sogar noch pünktlich auf den Bauhof. Als zukünftiger Maurer hätte er einen relativ entspannten Tag vor sich, da er sich lediglich mit dem Abriss seines in den drei Tagen davor geschaffenen Schornsteins zu beschäftigen hätte. Lehm abkratzen, Stein für Stein. Diese Tätigkeit könnte er so strecken, dass er an diesem Vorwochenendfreitag kein neues Übungsobjekt mehr anfangen müsste. Es wäre sogar noch Zeit, Oimel und seinen Betonbauerkumpels einen Besuch in der Nachbarhalle abzustatten. Würde sein Lehrmeister ihn daraufhin anzählen, müsste Berndte ihn mal wieder auf seine Vergangenheit bei der Stasi ansprechen.

»Lehm abkratzen? Jawoll, mein Führungsoffizier!«

Für seine Schwungbewegung aus dem Bett braucht Berndte so lange, wie seine Oma zum Aufmachen ihres Portemonnaies, um ihren Enkel mit etwas Taschengeld zu beglücken. Immer wieder bange eineinhalb Minuten für Berndte: einen Fuffi oder doch nur einen Zehner? Punkkonzert oder doch nur saufen im Park?

Im Badezimmer hat sein Alter mal wieder vergessen, seinen versifften Rasierpinsel auszuspülen. Das Ding ist so alt und keimig wie die Zahnbürste eines dementen Patienten. Sein Vater pflegt nicht nur beim Rasieren die Nostalgie, auch wenn er sich zu Ostzeiten für eine Sprühdose Fertigschaum alle 17 Barthaare geleckt hätte. Lustlos schrubbt sich Berndte seine nicht mehr ganz weißen Zähne.

Die zwei Zischer AXE-Deo unter seine Achseln würde er sich für heute Abend aufheben, um beim Besäufnis zum Wochenendbeginn eventuell interessierte Mädchen nicht gleich mit dem strengen Geruch der Bauhofrealität zu konfrontieren.

Der Kaffee in der Maschine ist noch lauwarm, reicht aber, um Berndte zufriedenzustellen. Ein Brötchen mit Nutella ist sein ganzes Glück. Im Kühlschrank hat Muttern ihm seine Pausenstullen bereitgelegt. Aus dem Kasten seines Alten angelt er sich eine Pulle Radeberger für den Feierabend. Arbeitsbotten an, Rucksack aufgeschnallt. Wo ist denn das FC-St.-Pauli-Basecap?

Mit seinem Fahrrad muss Berndte erst zum Bahnhof, da der Bauhof in der benachbarten Stadt liegt. Auf dem Bahnsteig würde er, wie jeden Morgen, die Bauhoffreaks nur in unvollständiger Mannschaftsstärke antreffen. Einer fehlte immer.

Nicht selten hatten sich auch mehrere unmotivierte Erbauer blühender Landschaften gleichzeitig krankgemeldet. Unter den Lehrlingen der Stadt waren tolerante Hausärzte und überzeugende Symptomsimulationen heiß gehandelte Tipps.

Der Bahnhof ist so alt und grau wie Berndtes Stimmung. Ab über die rostige Brücke, runter auf Bahnsteig 3. Eine Handvoll Hotten steht schon da und raucht.

»Na, Berndte, kannstet ooch nich lassn!?«

Die Gesichter, die ihn anglotzen, sehen so müde aus, wie er sich fühlt. Kein Abklatschen, ein kurzes »Morjen« muss reichen. Etwas weiter weg steht Schmidt, der Faschoarsch, mit seiner kleinen Gang.

»Ey, Zecken-Berndt! Lässte heut wieder den Kanackenmaurer raushängen?«

Schmidt ist ein Vollhorst, der in der örtlichen Faschogang nur wenig zu melden hat, dies aber mit stumpfem Stiernackengehabe zu überspielen versucht. Berndte und seine Kumpels haben Dauerstress mit den Faschos, zu ganz heißen Zeiten fahren die auch schon einmal Streife und greifen sich versprengte Alternative, die auf dem abendlichen Weg nach Hause sind. Da es zurzeit aber relativ ruhig in der Stadt ist, ignoriert Berndte die kernig-arische Anmache. Die anderen aus seiner Mörtelcrew können mit dem Nazigetue einiger angehender Bauarbeiter ebenfalls wenig anfangen. Lukas, die Schlaftablette, glotzt aus der Wäsche, wie eben einer guckt, der zum Frühstück ein dickes Horn geraucht hat. Grinsend grüßt er ihn.

»Eeyyy, hallo, Berndte! Na!?«

Lukas ist einer der Kandidaten, die die Ausbildung noch weniger interessiert als Berndte. Obwohl er relativ wenig fehlt, ist er, egal ob auf dem Bauhof oder in der Berufsschule, dauerbreit. Gras und Haschisch waren, neben der Nazischeiße, die zweite große Bombe, die bei den Jugendlichen in der ostdeutschen Provinz nach der Wende voll einschlug. Da Lukas beide Bildungseinrichtungen in erster Linie als Absatzmarkt betrachtet, ist er auch heute Morgen einer der verhuschten Lehrlinge auf Bahnsteig 3.

Die Waggons des Zuges sind alt und riechen nach Pisse und kaltem Rauch. Schon zu Ostzeiten rumpelten die Züge mit der stotterigen Diesellok über die Gleise, welche die regionalen Örtlichkeiten im ehemaligen Bezirk Potsdam verbinden. Ein alter, dienstmüder Schaffner mit glasigem Blick und Schnapsfahne fragt schon lange nicht mehr nach den Fahrkarten, obwohl alle Bauhofjungs eine vorweisen könnten.

»Morjen, Erich! Na, wieder einen jepichelt?«

Der alte Mann winkt ab: »Ja, ja. Lacht ihr nur.«

Auf dem Bauhof sitzen die beiden Lehrmeister an ihrem Tisch in der Ecke der Halle. Einer liest im regionalen Revolverblatt, der andere kaut an seiner Käsestulle. In der alten Kofferradioheule dudelt *Antenne Brandenburg* die Einkaufsschnäppchenhits zum Wochenende durch. Müde latschen alle zu ihren Plätzen, der Lehrmeister hakt auf einer Liste ab. Anwesend, abwesend, entschuldigt, unentschuldigt. Berndte fängt an, mit einem Spachtel die verbauten Ziegel der Vortage vom Lehm zu befreien. Das Bauwerk ist noch fast komplett, was stupiden Müßiggang für diesen Freitag bedeutet. Eine neue Aufgabe kann warten. Nächste Woche, nächste windschiefe Krücke.

Die Umschüler eine Reihe hinter ihm betrachten die Sache sportlicher. Nicht mehr so jung an Jahren, gibt ihnen das neue System eine zweite Chance, um nach erfolgreicher Umschulung an den versprochenen blühenden Landschaften mitbauen zu können. Sie lauern auf den Arbeitsbeginn wie eine Rotte heiß gelaufener Pitbulls. Ronny, einer aus Berndtes Truppe, blökt zu ihnen hinüber: »Macht doch erst mal Uffwärmübungen, ihr Vollpfosten!«

Die Umschüler glotzen nur pikiert, trauen sich aber nicht zurückzupöbeln. Zu viele 16- bis 18-Jährige sind hier im Skin- oder Punkoutfit unterwegs. Vermeintliche Protagonisten des Straßenkampfes und der Wochenendgewalt. An den freien Tagen sind diese Umschulbirnen höchstens im Tanzcafé unterwegs, um ihre verbrauchten Ladys zu den Schmububu-Klängen der *Münchner Freiheit* über das Parkett zu schubsen. Zerschossene Typen zwischen dreißig und fünzig, Wendeopfer mit Übergewicht.

Nach Feierabend kreisen im Zug die Biere. Lukas rollt sich ein Horn und ignoriert das Nichtraucherabteil, in dem die Lehrlinge liegen, sitzen und der öden Heimatstadt entgegenrollen. Aus seinem Zauberrucksack kramt Ronny eine Pulle Pfeffilikör raus.

»Zähne putzen, Boys! Oder wollta eure Ladys mit dem verfaulten Geruch eurer Leberwurststulln vergrauln?«

Müdes Gejohle, anerkennendes Gemaule. Die Pulle kreist, jeder nimmt einen Hieb.

»Und, die Herrn? Wat jeht am Wochenende ab?«, tönt es aus den hinteren Reihen der Ausbaumaurer mit Abschluss achte Klasse.

»Im *Herrnkrug* is Disco!«

»Jeh ma hin, da sind doch ooch die Faschos immer.«

Berndte weiß, was er heute Abend macht, hat aber keine Lust, die Party am Weinbergturm bekanntzugeben. Zum einen hat er auf einige Schnarchnasen aus seiner Lehrlingsbrigade keinen Bock, zum anderen gibt es unter ihnen genug undichte Stellen, die das Ereignis den Faschos verklickern würden. Unentschlossene Kandidaten, die aus Angst und Anbiederei zwischen den Fronten der aufbegehrenden Jugend hin und her hüpfen.

Auf dem Weg nach Hause bremst Berndte sein Fahrrad quietschend vor der Kaufhalle ab. Die Party am Abend würde zwar getränketechnisch abgesichert sein, dafür sorgen die Hotten mit Pkw. Doch so ein Sixpack zum Lockermachen und Vorglühen sollte drin sein. Also rein in den Versorgungsbunker und ganz stilecht in Arbeitsklamotten die Bierabteilung angesteuert. Zwei Naziskins bestaunen an der Fleischtheke die Eisbeine. Berndte kann sich einen Spruch nicht verkneifen:

»Mit Sauerkraut, ihr Gleitgelarier!«

Beide glotzen nur dumm und halten die Klappe. Sie gehören nicht zum harten Kern der Faschos in der Stadt. Berndte sieht sie oft mit anderen Gestalten vor der Kaufhalle stehen und Billigbier in sich reinkippen. Sechs bis zehn Typen, eher Opfer als Täter. Ungepflegte Prollnazis mit räudigen Tarnhosen, billigen Bomberjacken und viel Tagesfreizeit.

Berndte krallt sich ein Sechserpack Schultheiß und schlendert zur Kasse. Die Zigarettenregale sind unverschlossen, und die Olle an der Kasse fummelt am Kassenrollenfach rum. Blitzkriegsmäßig verschwinden zwei Schachteln Cabinet würzig in Berndtes Arbeitsjacke. Umsonst geraucht – mit Genuss geraucht. Der Abend kann kommen, Berndte hat alles.

In der Wohnung keifern sich seine Alten an. Es geht um irgendwas, Berndte will es nicht wissen. Ein lautes »Bin da!« muss reichen, und Berndte verschwindet in seinem Zimmer. Mucke an, Bier auf. Erst einmal hinlegen, die Woche vergessen. Scheiß Bauhof, scheiß Ziegelsteine! Als Wurfgeschosse gut, als Arbeitsmaterial kacke. Berndtes Lehrlingseinstellung, nicht nur an Freitagen. Unter dem Pflaster, da liegt der Strand.

Am Abend macht sich Berndte fertig zum Ausgehen. Er prüft seine Lederjacke, ob die Buttons und anderen Accessoires seiner Subkultur aktuell sind und seine derzeitige Stimmung repräsentieren. St. Pauli geht immer, *Dead Kennedys* kommen ab, *Die Skeptiker* bleiben dran. *RAF*, heute mal nicht, dafür darf die ein Hakenkreuz zerschmetternde Faust dranbleiben. Basecap, Boots, los geht's. Der »Wir scheißen euch in den Hals«-Spruch auf der Jacke müsste auch mal wieder mit dem weißen Edding nachgezogen werden.

Am Fahrrad hat ihm inzwischen irgendein Arschloch die Ventile aus den Reifen gedreht. Berndte ist sauer. Er tippt auf den versoffenen Penner im Erdgeschoss, der im Suff auch schon mal auf die Treppen geschissen hat, weil er seinen Wohnungsschlüssel nicht finden konnte. Nach zwei Entzügen in der Klapperklinik ist er zurzeit wieder mal voll auf Alk.

Berndte krallt sich kurzerhand ein, auf den ersten Blick, funktionierendes Gefährt aus dem Fahrradkeller. Wem es gehört, ist ihm egal. Bis zur Party muss er fast durch die ganze Stadt, und deshalb hat er keine Lust zu laufen. Zwar würde Berndte es auch zu Fuß in zwanzig bis dreißig Minuten schaffen, aber nachts sind alle Glatzen blau.

An der Kaufhalle gehen die Rollläden runter, und die Assiskins trinken ihr letztes Bier, um anschließend nach Hause zu torkeln, wo sie dann wahrscheinlich noch ein Pornovideo gucken oder mit ihren Schreckschusswummen sinnlos auf dem Balkon rumballern.

Mit dem Überqueren des Rings verlässt Berndte das Neubaughetto und rollt in Richtung Altstadt. Schon jetzt ist kaum noch ein Mensch unterwegs. Hier und da ein Auto, am Horizont der Stadtbus auf einsamer Schleichfahrt. Das angeeignete Fahrrad macht seinen Job, Berndte ist zufrieden. Die Eckkneipe in der Friedrich-Engels-Straße scheint leer zu sein und somit frei von Nazis, die wohl heute woanders saufen. Vielleicht in Süd, in der Gartenkneipe oder dem *Neuen Leben*, einem seit kurzer Zeit von ihnen okkupierten Jugendclub der Stadt.

Naive Sozialarbeiter hatten dort versucht, mit akzeptierender Jugendarbeit was auch immer zu erreichen. Die Insassen der angrenzenden Schule sollten Ausstellungsstücke anschleppen, die ihnen zum Thema »Deutschland« einfallen. Zu Ausstellungsbeginn war dann von Opas altem HJ-Dolch über Bücher zur Waffen-SS bis hin zur Reichskriegsflagge so ziemlich alles dabei. Das sprach sich auch bis zu den Faschos rum. Seitdem besuchen sie den Jugendclub regelmäßig. Feindesland in Bauernhand. Berndte und seinen Kumpels war es egal, da dieser Schuppen noch nie eine Freizeitoption für sie war.

Ein paar Meter schafft es Berndte noch, den plötzlich steil anlaufenden Weg hoch zum Turm zu fahren. Dann heißt es absteigen, Kippe an, Fahrrad schieben. Von Weitem hört er Stimmengewirr. Ein Feuerschein ist durch diverse Büsche sichtbar. Als er auf den Hauptweg stößt, hat er freie Sicht. Direkt unterm Turmgewölbe ein schönes Feuer. Diverse Gestalten, sitzend, stehend, zappelnd. Zehn Jugendliche, zwanzig Schatten. Aus einem Auto dröhnt Punkrock. Zwei oder drei

Zombies intonieren die Gruppenhymne, ein umgedichteter Gassenhauer der Hamburger Punkband *Slime*.

»*Brandenburg muss brennen, damit wir grillen können!*
Senf ist alle, kein Toastbrot ...
... sind wir schon wieder so weit
in Brandenburg!?«

»Jutn Morjen! Berndte, ooch schon da?!«

Oimel kommt Berndte entgegengeschlendert, auf nahe Sicht eher -getorkelt. Mit einem Bier in der Hand schwenkt und schwingt er seine Arme einladend. Berndte gibt sich trocken: »Mann, Oimel, schon zwee Stunden hier am Start, aber schon fünf Stunden besoffen, oda wat?«

»Lässich, lässich, großer Meister. Bei meene Alten im Keller jabs noch ne Pulle Wodka uff Halde. Ne halbe is hier sojar anjekommen. Willsten Schluck, altet Russenkäppi?«

Da Berndte sich nicht innerhalb der nächsten halben Stunde ins Punkernirwana schießen will, lehnt er ab.

»Nee. Lass ma, Oimel. Erst mal ne Vase.«

Der Kofferraum des Autos mit der Musikanlage steht offen, und darin befinden sich etwa hundert Dosen Pilsator. Das billigste Bier der Stadt, lauwarm und ausreichend. Schulli, der stolze Besitzer der alten Karre, ist zuverlässig, wenn es darum geht, im Vorfeld einer selbst organisierten Open-Air-Feierlichkeit ausreichend Bier zu besorgen. Zu später Stunde wird Schulli wieder mit seiner speckigen Kappe um Spenden für diesen Service bitten. Alle finden das in Ordnung und geben was, nur die wenigsten asseln sich durch.

Berndte langt in den Kofferraum und knackt sich ein Döschen des räudigen Gesöffes mit dem Löwenkopf im Etikett. Der erste Schluck schmeckt, wie meistens, nicht. Später wird es gehen. Lässig schlendert er in Richtung Lagerfeuer. Knorpel, einer der Irobrüder aus der stadtbekannten sozial schwachen

Großfamilie, liegt bereits komatisiert in einer halbdunklen Ecke. Ein anderer Indianer der Nacht bearbeitet das Gesicht des Komapatienten mit einem Edding. Wer abkackt, wird angemalt – eine Tradition so alt wie die Erfindung wasserfester Malstifte.

Am Feuer sitzt ein Großteil der Gang, zwei bis vier Hunde hecheln aufgeregt die mittelbare Umgebung der Feierlichkeit ab. Ab und zu wird ein Exemplar von seinem Frauchen oder Herrchen zwecks Anwesenheitskontrolle mit Namen gerufen.

»Nooobse, biste noch da?«

»Wau, wauwau!«

»Allet klar! Weitermachen!«

Als Berndte sich nähert, fällt ihm sofort auf, dass Kati schon da ist. Sie sitzt etwas abseits und unterhält sich mit ihrer besten Freundin Susanne. Berndte spürt erhöhten Puls, Kati hat es ihm angetan. Schon seit Monaten geht es Berndte gefühlte drei Promille besser, wenn irgendwo was los und Kati auch vor Ort ist. Vor ein paar Wochen, nach einem Konzert in Kreuzberg, lehnte sich Kati auf der Rückfahrt mit ihrem Kopf gegen seine Schulter. Für Berndte hätte die Rückreise in die Provinz ewig gehen können. Gern würde er sich mit Kati mal allein unterhalten, um ihre Stimme, ihre Augen, ihr Nasenpiercing zu bewundern. Einfach nur zuhören und gucken. Doch bisher vermied Berndte eine Kontaktaufnahme unter vier Augen.

»Na, Ladys ...?«, fällt Berndte nichts Besseres ein.

»Berndte! Na, holder Bauhofprinz, allet schick?«, kontert Susanne recht trocken. Kati grinst ihn an, weicht seinem Blick nicht aus. Berndte meint ein freudiges Strahlen in ihrem Gesicht zu erkennen. Die ihm entgegengestreckte Flasche billigen Rotwein deutet er als Aufforderung, Platz zu nehmen. Berndte nimmt einen Hieb, die Vermischung mit dem Geschmack vom Pilsator im Mund ist zu ertragen.

»Wieder mal Wochenende. Nun sitzen wa hier alle schön«, stellt Berndte fest und schleudert einen Stock in die finstere Nacht.

»Provinzblues, oder was?«, geht Kati direkt auf ihn ein. Ein leichtes Kribbeln stellt sich in Berndtes Bauchgegend ein. Katis Frage – vielleicht der Auftakt eines romantischen Rodeos?

»Nich so richtich wat los, wie immer. Wenn wa mal zum Konzert wolln, brauchn wa jenügend Autos. Irgendwie blöde.«

»Könn ja ooch mitn Zug fahrn«, stellt Susanne fest.

»Na danke«, kontert Berndte und wischt sich seine Pilsator-Rotwein-Schnute mit dem Ärmel ab, »und nachts um halb zwei dann zwanzig Faschos uffn Bahnhof. Jeht ja ab.«

»Wir müsstn selba mal öfter n Konzi organisiern. Dit würde fetzen«, gibt Kati sich träumerisch.

»Wer solln da komm?«

Berndte is Realist.

»Klar, die Kunden aus Brandenburg und Genthin wärn schon am Start und n paar Bauern aus den anliegenden Dörfern ooch. Aber meinta, *Slime* oder *EA80* spieln inna Gaststätte mit Kellner und Hirschjeweihen an der Wand?«

Susanne und Kati müssen lachen.

»Na warum nich? Hätte doch was.«

Am Lagerfeuerhorizont macht sich Unruhe breit. Zwei von den Kiffern kommen den Hügel zum Turm hochgehetzt.

»Zwee Kiffer, die es eilich haben? Irgendwat is los«, schlussfolgert Susanne und liegt damit richtig.

»Die Faschos ham unsern Nachwuchs umjeklatscht. Aufs Maul jehaun und Fahrräder abjezogen. Die Schweine!«

Der Nachwuchs, das ist eine Gang von ein paar Leuten, alle um die 16, alle mit diversen Vorlieben. Eine kleine Truppe für sich, von den Älteren aber akzeptiert.

»Und wo sind se jetz?!«, brüllt Oimel durch die Nacht.

Einer der Kiffer weiß Bescheid.

»Den eenen hats übel erwischt. Die sind mit dem ins Krankenhaus.«

Im romantischen Rund herrscht eher erregte Ratlosigkeit als Aufbruchstimmung. Diese scheiß Nazis haben mal wieder vorgelegt.

Eine halb leere Rotweinpulle rollert den Hügel hinab und verschwindet in der Dunkelheit.

Wir, die wunderlichen Widerständigen

Seltsame Leute mit verschiedensten Auffälligkeiten findet man überall. Ob Stadt, ob Land, ob Westdeutschland, kein Gebiet ohne Verhuschte. Meine Freundin bezeichnet diese selbstbewussten Mitbürgerinnen und Mitbürger dann immer als »wunderlich«.

Wenn wir als Kinder durch die Straßen und Gossen unserer Kleinstadt pilgerten, begegnete uns manchmal ein älterer Typ auf seinem Fahrrad. So fresse- und frisurtechnisch erinnerte er uns an den Igel Borstel aus dem Kinderprogramm des DDR-Fernsehens. Wenn er so an uns vorbeiradelte, rief ihm eigentlich immer ein minderjähriger Ganove hinterher: »Wie macht der Hund?« Borstel drehte sich dann um, strahlte aufgrund der Freude über die überraschende Aufmerksamkeit über sein ganzes Igelgesicht, kläffte und bellte völlig enthemmt los, um anschließend, zum finalen Höhepunkt, in ein lautes, auf und ab heulendes Jaulen zu verfallen. Geschah dies in der Nähe der örtlichen Volkspolizeiwache, flippten die dortigen Dienstköter in ihren ungemütlichen Zwingern regelmäßig aus – unser Beitrag gegen den Bullenstaat. Wir fiesen Kinder freuten uns dann und waren uns einig: »Alter, hat der ne Klatsche.«

Viele Jahre später bewegte ich mich in den alternativen Weltverbesserernischen und stellte fest, dass gerade diese Szene, diese Bewegung oder dieses Was-auch-immer ein gewisses Sammelbecken für Eigenbrötler und »Wunderliche« ist. Das Streben nach revolutionären Veränderungen und nach einem befreiten Ganzen hinterließ bei einigen Mitstreitern und -streiterinnen Spuren. Aus Gründen der strukturierten Hitparade hier nun meine Top Five aus der wunderbaren Welt des Widerstandes gegen das kapitalistische Schweinesystem:

5. An einem lauen Sommernachmittag lümmelte ich mich lässig auf einer verbrauchten Couch auf dem Flur eines linken Großobjektes, um auf Susen zu warten. Sie hatte dort irgendwas zu tun und saß mir gegenüber auf einem Sessel. Neben ihr ein optisch auffälliger Typ um die fünfzig. Strähniges, speckiges Haar, fleckiges T-Shirt. Seine Brille und seine knapp sitzende Turnhose aus Ballonseide zeugten von den wilden Siebzigern im smarten Westberlin. Lasziv streichelte er seinen Schenkel mit den lange nicht geschnittenen Fingernägeln und textete Susen währenddessen zu. Gelaber, ohne Luft zu holen. Susen wirkte hilflos und rollte mit den Augen. Er reichte ihr eine Doppel-CD, auf denen sich wohl Texte mit seinen Gedanken zu »militanter Veränderung« befänden. Zögernd nahm Susen das Machwerk an sich. Auf dem Rückweg studierten wir das Cover in der CD-Hülle. Betroffene und Beeindruckte seines Manifestes könnten sich per E-Mail an ihn wenden. *Gott17@gmx.net.* Wir schmissen alles in den nächsten Mülleimer.

4. In unserem bunten und toleranten Fanblock im Fußballstadion bei TeBe Berlin haben Nazis nichts zu suchen. Ansonsten kann sich so ziemlich alles und jedes bei uns rumlümmeln. Egal in welcher Liga, egal ob auswärts oder zu Hause.

Über mehrere Spielzeiten beherbergten wir einen rheinischen Jungen mit entsprechendem Dialekt. Er hasste den örtlichen FC seiner Heimatstadt und vergötterte die kleine Fortuna aus demselben Kaff. Wenn er nüchtern war, etablierte er sich als unauffälliger Zeitgenosse, hatte er den Teufel des Rausches in sich, wurde er zum plappernden und wunderlichen Saufbock. Er schwallte jeden voll, egal ob gemeiner Fan oder Vereinspräsident, regte sich verbal auf und wunderte sich über einiges. Niemand wusste wirklich, was ihn gerade bewegte.

An einem luschigen Sonntagnachmittag, wir waren auswärts bei irgendeinem Berliner Dorfclub zu Gast, schwebte er mit einer schrillen Madame im Gästeblock ein. Deutlich gezeichnet von einer durchsoffenen Nacht waren beide. Er schwer am Lallen, sie leicht bekleidet.

Ein paar Tage später sickerte durch, dass sich die Dame in einem Etablissement an ihn rangepirscht hätte, um mit diversen Dienstleistungen viel Geld verdienen zu können. Die Saufziege aus Köln freute sich lediglich über die unerwartete Trinkschwester. Beide becherten hart, wobei die Dienstleisterin die Lohnarbeit irgendwann vergaß. Sie soffen und soffen atemlos durch die Nacht, landeten am nächsten Tag auf einem unterklassigen Fußballplatz. Eine schöne Sitzbank, direkt hinter der Spielfeldumrandung, wurde zu ihrem letzten Domizil. Mit dem Halbzeitpfiff kippten beide in Zeitlupe von der Sitzgelegenheit und stürzten in ein Koma, welches nur folgerichtig war.

3. Nach einem zweiwöchigen Aufenthalt in der leeren Wohnung meiner Mutter, in der ich mich befand, um das, wegen Urlaubsabwesenheit, zurückgelassene Tier zu versorgen, kehrte ich eigentlich entspannt zurück in unser heimatliches

Domizil. Die letzten 14 Tage hatte ich mit auf der Couch sitzen, Fahrrad fahren und Fernsehen gucken verbracht. Wenige Telefonate hatten meine einsame Freizeit unterbrochen. Aber es war ganz in Ordnung gewesen.

Wieder zu Hause, am Abendbrottisch, fragte mich Susen etwas. Es kam gar nicht bei mir an, da ich verloren und mit offenem Mund auf den Weichkäse starrte. Sie prustete los und meinte: »Naaa? Wirste jetz auch ein bisschen wunderlich?«

2. Er fehlte auf den wenigsten linksradikalen Zirkusvorführungen, und das Stadtmagazin *Zitty* betitelte ihn in einer Ausgabe als »letzten Stalinisten Berlins«. Erwischte er dich, wanderten seine angeleckten Daumen- und Fingerkuppen in den speckigen Stoffbeutel, um ein Eselsohrflugblatt herauszufischen, in dessen Inhalt sich mit irgendeinem Thema beschäftigt wurde. Nazis, fleischfrei, Sexismus, es gab nur wenig, wozu sich nicht geäußert wurde. Nachdem »der Bällchenmann«, so sein Spitz- und Kampfname, seine, mit Pflaster notdürftig geflickte, Brille auf dem verschwitzten Nasenrücken geradegerückt hatte, fragte er einen pseudomäßig, ob man *davon* schon gehört hätte. Entkam man ihm nicht rechtzeitig, hielt er einem den dazu passenden Vortrag, der, hatte man nicht eine Ausrede parat, sehr lange dauern konnte. Während des Monologs war es interessant zu beobachten, wie der Speichel in seinen Mundwinkeln langsam verkrustete.

Auf Demos und anderen Pflichtveranstaltungen war der Bällchenmann oft mit einer Schüssel unterwegs, um die darin enthaltenen Energiebällchen preisgünstig an das revolutionäre Volk zu verhökern. Diese runden Dinger aus Haferflocken, Honig, Rosinen und Unbekanntem erzeugten ein etwa zweimonatiges Sättigungsgefühl.

Eine ehemalige Mitstreiterin machte über den Herstellungsprozess mal einen nonverbalen Witz, indem sie mit der ausgestreckten rechten Hand eine rollende Bewegung unter ihrer linken Achselhöhle vollführte.

1. Mitte der Neunziger fuhr ich mit ein paar Kumpels zu einer Antifa-Demo nach Brandenburg an der Havel. Die war hauptsächlich von einer dogmatischen Berliner Gruppe organisiert worden, deren Mitglieder sich auf diversen Treffen und Versammlungen im dunkelsten bayerischen Dialekt vorstellten: »Mia san aus dem Prrenzlaua Berg!«

Treffpunkt war der Bahnhofsvorplatz, auf dem ein Agitator der Gruppe aus dem Lautsprecherwagen darauf hinwies, dass die Demo vermummt laufen würde. Zum Schutz vor den Bullen würden die ersten Reihen ein Demoseil tragen. Außerdem würden Sexismus, Rassismus, Kapitalismus und etliche andere -ismen nicht geduldet werden. Auch hätte Alkohol auf einer Demo absolut nichts zu suchen. Nur wenige Minuten nach dieser Ansage hielten zwei Regionalzüge. Dem einen entsprangen Potsdamer Punks, die im Bahnhofstunnel fröhlich mit Bierflaschen um sich warfen. Dem anderen entstiegen Berndte und seine Gang, der Potsdamer Gruppe mit vollen Bierflaschen zuwinkend. Auf dem Bahnhofsvorplatz veranstalteten sie mit dem Demoseil ein sportliches Tauziehen. Berndtes Truppe trug den Sieg davon, die Berliner Berufsdemonstranten guckten bedröppelt.

Prag, du Perle

Mehrmals reiste ich in verschiedenen Jahren des letzten Jahrhunderts und des neuen Jahrtausends in das Venedig des Warschauer Paktes, in die sogenannte »goldene Stadt« mit ihrem Vorzeigeschmalztopf Karel Gott. Klassenfahrt, Urlaub, Fußball waren die Anlässe, und immer gab es mehr oder weniger Theater.

1988 reiste unsere Schulklasse geschlossen nach Prag, um dem Jugendweihejahr einen runden Abschluss zu geben. Wir fanden es cool, dass die Tschechen so locker drauf waren und einiges nicht so genau nahmen. In den Kaschemmen der Stadt verkauften sie uns Minderjährigen aus der DDR nicht nur das berühmte Bier, sondern auch die unbekannten harten Sachen. Berauscht von so viel Toleranz sangen wir auf dem Heimweg zum Hotel unsere stimmbrüchigen Lieder. Zwei Streifenwagen bremsten uns aus. Zack, zack, Dokument. Hier, hier, prosím, prosím.

Schlagartig waren wir nüchtern. Die Bullen ließen uns aber weiterziehen, nachdem sie es gerafft hatten, dass wir nur angetrunkene Schüler aus der DDR auf der Suche nach ihren Betten waren und keine westdeutschen Hallodris auf der Suche nach dem illegalen Straßenstrich. Auch der Verkäufer im Sportdevotionaliengeschäft, das wir am nächsten Tag zwecks Erwerbs von Luftdruckpistolen aufsuchten, machte kein großes Gewese und verkaufte uns die Dinger ohne Dokumentenkontrolle. Ein Mitreisender aus der Parallelklasse testete sein Gerät gleich unter realen Bedingungen und zielte aus zehn Metern Entfernung auf eine pickende Taube im Park. Er traf sie sogar, und eine einzelne Feder schwebte kurz durch die Luft. Das gute Tier zuckte kurz, hüpfte ein Stück weiter, um dann in aller Taubenseelenruhe weiter nach Essbarem zu picken. Nach diesem Test war klar, dass die Knarren optisch mehr hermachten als alles andere. Physikalisch betrachtet würden wir mit diesen Keulen nicht einmal den Krieg der Knöpfe gewinnen. Deshalb machten wir uns am Abreisetag auch weiter keine Sorgen und bauten uns vor dem Prager Bahnhof aus leeren Plastikbechern eine schöne Reihe von Zielobjekten auf einer Sitzbank auf. Es gelangen einige Volltreffer, die Plastikbecher bekamen nicht mal Löcher, fielen aber immerhin auf den Boden. Mit ruhiger Hand und mit voller Konzentration auf unsere Sportveranstaltung merkten wir nicht, wie sich von hinten ein dicker, schnauzbärtiger Beamter der tschechischen Bahnhofspolizei anschlich. Erst setzte es Backpfeifen, dann entwaffnete er uns mit geübten Griffen. Zack, zack, alle mit auf die Bahnhofswache. Kleinlaut saßen wir vor seinem Schreibtisch und machten auf minderjährige Opfer aus der Deutschen Demokratischen Republik. Es half nichts. Als uns unser Klassenlehrer eine halbe Stunde später aus der Haft abholen durfte, war der Zug bereits abgefahren. Wir waren die Buhmänner, und auch die bis dahin immer noch durch Abwesenheit glänzenden Mädchen aus der anderen Klasse, die sich, wie sich später herausstellte, beim Souvenirkauf in der Bahnhofshalle verirrt hatten, entlasteten uns nicht aus der Rolle der bösen Buben. Ein linientreuer Elternaktivvater lief im Gesicht puterrot an und tötete uns mit Blicken. Auf der Rückfahrt im Folgezug musste ich bei den Mädchen im Abteil sitzen. Eisiges Schweigen und später zischendes Wispern schlugen mir entgegen. Während der Fahrt sammelte eine Lehrerin die restlichen Luftdruckknarren ein und schmiss sie kurzerhand aus dem Fenster. Die Grenzbeamten der DDR im Zug wussten schon Bescheid, verzichteten aber auf eine große Aktion. Warum auch immer.

Anfang der Neunziger reiste ich mit Jugendfreundin Steffi mit dem Zug in Richtung Prag. Sommerurlaub in der Metropole an der Moldau, wir hofften auf erlebnisreiche Tage und Nächte. Ob die Grenzschutzbeamten am Übergang in Bad Schandau dieselben Fressen waren, die die damalige Luftdrucksache mit Toleranz durchwinkten? Obwohl sie inzwischen westdeutsche BGS-Uniformen trugen, benutzten sie noch immer diese Ostbauchladenkoffer zur Kontrolle der Dokumente.

Der Grenzschutzbulle grüßte zackig ins Abteil, in dem sich außer uns noch andere Reisende befanden. Flott und geübt studierte er jeden einzelnen Ausweis, zuletzt auch meinen. Dieses Studium dauerte etwas länger. Wortlos verschwand er aus dem Abteil, ohne mir meinen Pass wieder auszuhändigen.

»Watn nun los?«, fragte ich verwundert in unsere Abteilrunde. Fragende Blicke und zuckende Schultern. Über meinen zynischen Witz, in dem die Schlagworte Wiedervereinigung, neue Freiheit und Gestapo-Methoden vorkamen, musste immerhin eine Mitreisende lachen. Ich hetzte durch den Waggongang, dem Beamten hinterher.

»Hallo?! Wann jibts mein Dokument zurück?«

»Mit Ihrem Bundespersonalausweis ist was nicht in Ordnung. Sie steigen mit uns aus.«

»Ääähh!? Wieso?«

»Holen Sie Ihr Gepäck.«

Irritiert wankte ich zurück ins Abteil, um Steffi Bescheid zu sagen.

»Die wolln mich einkassiern.«

Sie wurde blass und stieg solidarisch mit aus.

Auf der Bahnhofswache ließen sie mich in einem kahlen Raum auf einem unbequemen Stuhl schmoren. Die Zeit verrann, der Zug war weg. Irgendwann Verhör: Wohin, warum, wieso?

»Das geht Sie gar nischt an, ick bin nich auskunftsverpflichtet!«

Der Bulle zeigte sich geduldig. Wohin, warum, wieso?

»Prag, Urlaub, vielleicht körperliche Liebe.«

Ich hatte die Schnauze gestrichen voll, gab ihm den Singsang, den er hören wollte. Oder auch nicht. Wortlos reichte mir der Bulle meinen Ausweis und informierte mich noch über die Weiterreisemöglichkeit in anderthalb Stunden.

»Und wat war nun mit mein Ausweis?«

Der Bulle grinste dreckig: »Alles in Ordnung.«

Ich war frei, Steffi staunte. Wahrscheinlich hatte ich damals schon einen Vermerk bei den Behörden als Querulant und subversives Subjekt.

In Prag quatschte uns ein netter Typ wegen seiner privaten Unterkunft an. Er war in Ordnung, das Zimmer auch. Waschbecken, Balkon, Doppelbett. In der ersten Nacht teilten wir das Zimmer mit einem englischen Studenten, der spät kam und sich sehr lange die Zähne putzte. Wir taten so, als ob wir schliefen, und kicherten leise über sein ausgeprägtes Zahnpflegeprogramm. Spät grunzte er auf der Kinderliege, wir waren noch wach.

»Körperliche Liebe?«

»Ick hab mir nich die Zähne jeputzt.«

2005 fuhr ich mit Endi und einem weiteren Fußballfreund zum Europacup nach Prag. Slavia gegen Tottenham Hotspurs, als Sympathisanten des englischen Fußballs hatten es uns die Spurs angetan. Flott mit dem Auto in Richtung Südosten, vorbei an Schöneweide, wo die NPD gerade einen Infotisch vor dem örtlichen S-Bahnhof aufbaute.

»Scheiß Schweineöde, typisch.«

Doch wir wollten weiter, Dresden und den Straßenstrich an der B96 im Grenzgebiet links liegen lassen. Gelangweilte Damen in knapper Bekleidung dösten träge in der Sonne. Kein Theater am Grenzübergang. Kurze Einkehr in einer Wechselstube. In Prag hatten wir kein Parkplatzproblem. Lässig schlenderten wir durch das Zentrum der Stadt. Vor einem Pub in der Nähe des Wenzelsplatzes gesellten wir uns zu den etwa zweitausend Spurs-Fans. Sonne, Bier und kernige Gesänge. Ich war happy.

»Oooh when the Spurs go marching in ...!«

Ich nuckelte an meinem Dosenbier, guckte, staunte und staunte und guckte. Auf dem Weg ins Stadion überholte uns ein Taxi mit drei Engländern. Ich guckte und staunte. Ein Engländer machte durch die Scheibe ein nonverbales Angebot zu einer Hauerei. Schnell wedelte ich mit meiner Tottenham-Fahne. Sein Daumen signalisierte mir ein: »In Ordnung. Dufte!«

Die offiziellen Preise für den Gästeblock waren ein großer Beschiss. Da der Anpfiff nahte, bissen wir in den teuren Apfel. Vor dem Einlass zum Gästeblock fuhr ein aufgemotzter Pick-up seine Runde. Leicht bekleidete Frauen tanzten lasziv auf der Ladefläche. Werbeeinlage für einen Striptease-Club, zweitausend Engländer jubelten. Nach dem Spiel war vor dem Spiel, zumindest für den Besitzer dieser Bumsbude, die in Prag alle nonchalant »Varieté« genannt werden.

Am Einlass kumpelte ich die Kartenabreißer an.

»Where is here the beer?«

Ich glaube, sie machten sich über mich lustig.

Während des Matches erfreute ich mich an meinen Spielern der Herzen. Abwehrrecke Ledley King spielte erfrischend mit, und Torwart Robinson zeigte die Leistung, die er als Nationalkeeper der three Lions leider zu selten abrief. England und sein zeitloses Torwartproblem. »Where is the beer?«

Zweihundert Halbstarke in der Slavia-Kurve zeigten ein entsprechendes Transparent. »Slavia Hooligans« stand drauf, zweitausend Engländer lachten sie dafür aus und degradierten den Lappen zum Papier, einzig und allein auf der Toilette zu gebrauchen. Anale Gesänge im Cockney-Slang.

Nach dem Spiel erkundigte sich ein besorgter Tottenham-Fan bei mir, ob die Tschechen wirklich alle Räuber seien, genauso wie die Scouser. Ich beruhigte ihn und zeigte mit dem Finger auf eine Räucherbude.

»Look! There is the beer.«

Nach dem Spiel eierten wir durch die Altstadt Prags, wo es zu keinen Bambulen kommen sollte. Drei tschechische Bullen hielten dreißig Spurs-Hools in Schach, die mit minderjährigen Girlies ein von beiden Seiten gewolltes Geschäftsverhältnis eingehen wollten. Auf dem Wenzelsplatz herrschte ansonsten Ruhe ohne aufziehenden Sturm.

Nachdem sich meine Reisegruppe in so ein Massenschlafsaalhostel verpisst hatte, verbrachte ich den Rest der Nacht schlendernd und trinkend.

Wegen meiner Lohnarbeit konnte ich nicht mit im Auto heimfahren. Mein Zug fuhr morgens um vier Uhr Richtung Dresden. Durch diverse schlafende Obdachlose vor der Bahnhofshalle musste ich einen Schlängellauf veranstalten. Kein dicker Bahnhofsbulle sah mich schräg an. Im Zug Richtung Sachsen kumpelte mich ein Restaurantkoch auf einen Feierabendjoint an. Ich verzichtete, aus Angst einzuschlafen, erkundigte mich aber nach seiner Kräuterconnection. Er grinste: »Made in Tschecheslovakia Republic.«

Mit der nächsten Tuckelpinne erreichte ich den mir bekannten Grenzbahnhof Bad Schandau. Ein dicker, deutscher Grenzbulle wollte meinen Ausweis sehen. Ach nö! Sollte sich hier das Angewichse aus den Neunzigern wiederholen, als sie mich aus dem Zug holten, nur um mir das Märchen vom auffälligen Bundespersonalausweis zu erzählen? Mir gar die Einreise verweigern? Ich trug schließlich das Trikot eines englischen Vereins und roch nach tschechischem Bier. Da konnte so ein Bundessachse schon misstrauisch werden.

»Ick bin unbewaffnet! Ergebe mich aber lieber schon mal ...«

Prag ist eine schöne Stadt, eine richtige Perle. Mit spätestens 66 Jahren werde ich wieder hinfahren und die sächsischen Grenzbeamten zu einem »Varieté«-Besuch verführen. Dort werden wir mit Tausenden besoffenen Engländern die größten Hits von Karel Gott singen und mit Luftdruckpistolen Salven des Frohsinns in den Prager Himmel abfeuern.

Hans-Dietrich stürmt den Gästeblock

3. Oktober 2010, 20 Jahre Mauerfall, ein offizieller Feiertag, der zum Jubiläum angemessen grau ist ... Für fünf vor zwölf habe ich im Fußballfanforum einen zweiten Treffpunkt auf dem Alexanderplatz bekanntgegeben, um zum Frauenfußballspiel nach Babelsberg zu fahren. Turbine Potsdam gegen Tennis Borussia Berlin, das ostdeutsche Erfolgsmodell gegen die Untergrundfußballerinnen vom Westberliner Schnöselclub mit der leicht verwirrenden, aber offiziellen Abkürzung TeBe statt TeBo.

Zu dritt stehen wir auf dem S-Bahnhof, und uns schließt sich lediglich eine weitere Interessierte an, deren zurückhaltende Neugier aber auf den Balltreterinnen von Turbine liegt, weil sie von denen schon so einiges gehört hat. Der restliche Fanmob der lila-weißen Berliner Fußballerinnentruppe trifft sich ganz stilecht auf dem S-Bahnhof in Steglitz, einem dieser Wirtschaftswunderstätten des alten Westberlin. Schloßstraße, Steglitzer Kreisel, Karstadt und Currywurstgeheimtipps, für viele überzeugte Steglitzer Ideologen ist das Konsumzentrum ihres bürgerlichen Bezirkes der wahre Kurfürstendamm, ihr botanischer Garten der Regenwald des freien Berlin und der Insulaner ein Wahrzeichen ihrer Identifikation. Dabei wohnen nur wenige TeBe-Hotten in diesem Bezirk, und warum an diesem trüben Feiertag die örtliche Haltestelle für schultheißes Vorglühen herhalten muss, erschließt sich mir nicht wirklich. Hat doch der Verein neben einigen Fans aus Kreuzberg und Moabit inzwischen auch potenzielle Gelegenheitshools aus Friedrichshain und Pankow in seiner kleinen Anhängerschar.

Zu viert stolpern wir in die nur mäßig besetzte S-Bahn in Richtung Potsdam und sind somit eine perfekte Kleingruppe für eine der ausgepolsterten Sitzecken in den Waggons des neuerdings in Verruf gekommenen Tochterunternehmens der Deutschen Bahn. Jener bisher vorbildliche Berliner Beförderungsbetrieb, der selbst 1945 nur wenige betriebsbedingte Ausfälle durch russischen Artilleriebeschuss zu vermelden hatte, glänzt heute immer wieder mit Kompletteinstellungen ganzer Linien wegen nicht gewarteter Bremsen oder 17 Hagelkörnern im Gleisbett. Bei Zugausfällen wegen alkoholisierter Piloten oder anderen innerbetrieblichen Problemen wird meist vorschnell ein Polizeieinsatz über die Anzeigetafeln vermeldet, um die brüchige Toleranz der Innercity-Reisenden auf Sparflamme zu halten.

Wir gondeln ohne Probleme in Richtung Babelsberg und würdigen die Berliner Sehenswürdigkeiten keines Blickes. Interessanter ist der Austausch von Szenetratsch und die Auswertung aktueller Entwicklungen in unserem linksalternativkunterbunten Hausprojekt. Überhaupt ist es eine progressive Entwicklung, im Haus zwei Mitreisende zum Fußballgucken gefunden zu haben. In den Neunzigern war in vielen autonomen Trutzburgen die gängige Gleichung an die Kreidetafeln in den Gemeinschaftsküchen geschrieben, dass, wer zum Fußball geht, gleich Nazi ist. Nur wenige Jahre später und wohl auch dem FC St. Pauli sei Dank hotteten auch immer mehr

Linke in die Stadien, um Fußball live mit all seinen kulturellen und subkulturellen Randerscheinungen zu erleben.

Die S-Bahn in Richtung brandenburgische Landeshauptstadt ist nur mäßig frequentiert. Keine Wiedervereinigungstouristen, die an diesem bedeutungsschwangeren Tag hoffen, vom allerletzten Aufgebot der Stasi um einen Euro angebettelt zu werden oder einen Russenpanzer auf dem Kurfürstendamm vor die Latichte zu bekommen. Im Jahr zuvor, zum Jubiläum des Mauerfalls am 9. November, war das noch anders. Auch da war ich auf der Rückreise von einem TeBe-Heimspiel, damals Erste Männer, damals fünfte Liga – die mit dem einprägsamen Namen »Oberliga Nordost Nord«. In die S-Bahn drängelten sich überdrehte deutsche neben lebenslustigen japanischen Touristen, um gemeinsam zum Brandenburger Tor zu eiern und am revolutionären Symbol zu schnuppern. Ein paar angetrunkene Antideutsche, die ebenfalls beim Spiel waren, grölten durch die Bahn: »Ohne Hitler keine Wiedervereinigung!«

Inzwischen in Babelsberg angekommen, schlendern wir die Karl-Liebknecht-Straße, in Richtung gleichnamiges Stadion, entlang. Es ist so friedlich und gemütlich im ehemaligen Fischerdorf, wie so oft und wie von mir geschätzt. Die wenigen Touristen, die sich für preußischen Mammon interessieren und einen kraftraubenden Sanssouci-Trip in den Füßen haben, kehren friedlich in die gehobenen Lokalitäten mit mindestens deutscher Küche ein. Einige Turbine-Fans zeigen mit geschmacklosen Fan-Accessoires Partei. Die »Turbienen«, wie sich die Anhängerschaft auch selbstbewusst nennt, haben einen legendären Ruf, und schon im Vorfeld der Begegnung hieß es, dass man sich als anreisender Gästefan auf einen schrulligen Nachmittag gefasst machen könne.

Das Stadion ist nur mäßig besucht, lediglich auf der Haupttribüne versucht eine kleine, aber bunte Truppe, mit Klatschpappen so etwas wie Atmosphäre zu erzeugen. Über die Gegengerade schlendern wir in Richtung Gästeblock, in dem sich die in Steglitz gestartete Reisegruppe bereits breitgemacht hat. Unser Minikommando Alexanderplatz hat jetzt erste Verluste zu beklagen, da sich aufgrund des Gerüchtes, dass es irgendwo im Stadion Glühwein geben soll, eine Mitreisende abgesetzt hat. Denn nicht nur das frühherbstliche Wetter ist zu diesem Event der Frauen-Bundesliga frisch und frostig, auch die Turbine-Rentner auf der Gegengerade wirken etwas unterkühlt und sehen aus, als wenn sie von Zivildienstleistenden mit der Sackkarre dort abgeparkt wurden. Schal umgehängt, Speichel nochmal aus den Mundwinkeln gewischt und tschüss.

Mit dem Verlesen der jeweiligen Aufstellungen beider Teams kommt Bewegung in den Mob auf der Haupttribüne. Junge und alte Frauen, mit *Rosenstolz*- oder *Rammstein*-Motiven auf ihren Pullovern oder Windjacken, schwenken ihre Fahnen und singen:

»Sportlich fair und immer gut drauf, uns Turbienen hält niemand auf!«

Auch auf der Gegengerade kommt Bewegung in die kleine Kolonie alter Böcke. Nach der Seitenwahl kurz vor Anpfiff des Spiels bewegen sich die Turbine-Rentner nicht zügig, aber zielsicher in Richtung der Kurve, wo das Tor steht, in der sich in Halbzeit eins die TeBe-Torhüterin zu postieren hat. Im Gästeblock lassen die meisten Fans das Geschehnis erst einmal kommentarlos und beeindruckt auf sich wirken. Die Borniertheit der alten Zausels ist irgendwie schräg, denn auch wenn einige von ihnen sicherlich bloß einen heimlichen Blick auf den Hintern unserer Torfrau werfen werden, scheinen sie doch davon überzeugt, dass, wenn es Tore geben wird, diese eben nur dort fallen werden, wo der Gegner zwischen den Pfosten steht. Sportlich ist es ja auch nicht mal unwahrscheinlich, denn zwischen beiden Vereinen liegen, trotz gemeinsamer Ligazugehörigkeit, Welten. Auf Brandenburger Seite die graue Eminenz und unangefochtene Trainerpersönlichkeit Bernd Schröder mit seiner Torfabrik und Kaderinnenschmiede namens Turbine Potsdam und auf der anderen eine, wenn auch motivierte, aber fußballerisch wenig Klassenkampf abrufende Truppe von der gegenüberliegenden Seite des Grunewaldes. So kommt, was kommen muss, und in Halbzeit eins fallen eins, zwei, drei Tore für Turbine. Jedes Tor wird mit einem Jingle der unsäglichen Ballertechno-Band *Scooter* begleitet, was für orgiastisches Wackeln bei den *Rammstein-* und *Rosenstolz-*Pullovern und ihren Trägerinnen auf der Haupttribüne sorgt. »Döpp, döpp, döpp, dödödöpp, döpp, döpp! Torschützin mit der Nummer ...! Danke! Bitte!«

Der Gästeblock ist leidensfähig, und das Bier wird nicht mehr genippt, sondern inzwischen geschüttet, da die einfallslose Rummelbumsatmosphäre nur noch schwer zu ertragen ist.

In der Halbzeitpause setzt sich der Rentnerblock in Bewegung. Wir ahnen Schlimmes, denn hinter dem anderen Tor steht der Berliner Anhang. Nach der Umrundung des halben Stadions machen es sich die Potsdamer Senioren in unserem Gästeblock so bequem, wie es eben geht. Ein etwa Achtzigjähriger muss sich schon am Zaun festhalten, hat aber noch Kraft für einen dreckigen Witz, den er laut in die Runde meckert.

»Berlin, die Vorstadt von Potsdam, hähähähähää!«

Wir Gästefans nicken anerkennend die Köpfe und spenden ihm dezenten Applaus ohne übermäßige Übertriebenheit. Trotzdem ist dieser rhythmisch, lang und anhaltend wie beim Parteitag. Ein vereinzeltes »Bravo!« und »Hoch, hoch, hoch!«, ist zu vernehmen. Ein jüngerer TeBe-Fan reißt plötzlich die Arme in die Luft und jubelt wie ein Jesus-Jünger: »Zwanzig

Jahre Wiedervereinigung, hurra! Ohne die wär dieset schöne Ereignis hier und heute doch gar nich möglich gewesen!«

Aus den hinteren Reihen tönt es fraternisierend: »Alle nachher jemeinsam zur Glienicker Brücke!«

Unsere kulturelle Anbiederei mit Feiertagsschubidu kommt bei den verbohrten Ostopas nicht an. Sie glotzen auf das Spielfeld und wackeln leicht mit den Köpfen. Kein Zivildienstleistender, der ihnen den angekrusteten Sabber der Empörung aus den Mundwinkeln polkt.

Währenddessen nimmt das Spiel seinen befürchteten Lauf und das erwartete Ende. In ungefähr 24 Stunden wird den Turbine-Kampfroboterinnen in den örtlichen Medien ein Formtief angedichtet werden, da sie das Spiel nicht zweistellig für sich entscheiden konnten. Unsere kleine Auswärtsschar packt ihre Transpis und Blockfahnen ein. Vielen Gesichtern ist anzusehen, dass sie unzufrieden sind und sich nach mehr sehnen. Jahrelanges Leiden unter einem lila-weißen Unrechtssystem mit fußballerischer Magerkost bricht sich jetzt durch. Wir sehnen uns nach großem Sport und der Freiheit, zwischen den Kurven, hinter den Toren, hin und her zu pendeln. Wir wollen kein Eingesperrtsein mehr in der erdrückenden Enge des Charlottenburger Mommsenstadions, um Spieltag für Spieltag unter den verbohrten Ideologien verknöcherter Wilmersdorfer Witwer zu leiden. Apparatschiks und Bonzen, denen jegliches Gefühl für die Bedürfnisse der heimischen Stehplatzbevölkerung verloren gegangen ist.

Erste Auswärtsfans begeben sich in Richtung des eingezäunten Bereiches hinter der Haupttribüne und übersteigen die Absperrung. Tschechischen Securitys aus Prag mit Basiserfahrungen gelingt es kaum, die Überflieger aufzuhalten. Kinderwagen, Bierkästen und Hirschbeutel mit pazifistischen Aufnähern werden nachgereicht. Erste vereinzelte Rufe ertönen: *»Fußballfreiheit, Fußballfreiheit!«* und *»Wir sind die Fans, wir sind die Fans!«*

Innerhalb von sieben bis acht Minuten ist der Geschäftsstellenbereich von Turbine Potsdam vollständig geflutet, was zu ernsten hygienischen und zu Versorgungsproblemen führt. Freiwillige Turbienen und eigens herangeführte Kräfte der Zivilverteidigung aus Potsdam-Mittelmark versorgen die erschöpften und zum Teil traumatisierten Anhängerinnen und Anhänger von TeBe Berlin mit heißem Rondo, Bockwurst und bunten Fanutensilien zum Aufkleben und Winken. Geduldige Sozialarbeiter unterweisen im Umgang mit Dixi-Toiletten. Erste internationale Medien sind vor Ort und berichten von den historischen Ereignissen. Ein offizieller Vertreter von Tennis Borussia Berlin sitzt in einem eigens eingerichteten Bürocontainer und lockt freiwillige Rückkehrer mit kostenlosem Eintritt zu den nächsten Heimspielen. Er bleibt ein einsamer Protagonist.

Im Laufe der Nacht macht unter den Besetzern eine Information die Runde, dass es schon bald Informationen von Bedeutung geben werde. Tatsächlich betritt Bernd Schröder den Balkon der Geschäftsstelle von Turbine und wendet sich per Megafon an die Anwesenden.

»Wir sind heute zu Ihnen gekommen ...«

Ein Kreischer im Hintergrund, ein herrischer »Ruhe!«-Ruf im lauschenden Mob.

»... um Ihnen mitzuteilen, dass heute Ihre Aufnahme im Verein Turbine Po...«

Weiter kommt er nicht, das Volk flippt aus ...

... Der letzte Teil der Geschichte ist natürlich frei erfunden, wenn auch nicht ganz frei von historischen Rückständen.

Aber warum sollten lila-weiße Schnöselpunks mit Westberliner Attitüde zu einem ostdeutschen Prestigeclub mit nordkoreanischer Trainingsphilosophie überlaufen? Kein TeBe Fan würde mit einem Hirschbeutel durch die Gegend rennen, diesem Vorwenderelikt, dem man, in Kombination mit Jesuslatschen und Goldbrandpulle, ansah, dass sein Träger ein Fan des 1. FC Union ist. Auch Hans-Dietrich Genscher stürmte nicht den Gästeblock, nein, nur ein paar Potsdamer Opas. Turbine gewann 7:0, und Bernd Schröder monierte ein Formtief seiner Ball tretenden Kaderinnen ...

Nach Spielende schlendern wir mit dem Schlachtruf »*Wir sind die Sparwasser-Fans aus der Hauptstadt des Friedens!*« in Richtung S-Bahnhof. Ein paar Potsdamer Turbine-Rentner und Heldinnen der Haupttribüne pöbeln uns hinterher: »Wenns euch nicht passt, geht doch nach drüben!«

Kurz vor dem Bahnhof besuchen wir noch den örtlichen Spätkauf. In genau diesem hatte ich mich 1995 mit Berndte und etwa zehn weiteren Leuten verschanzt, um eine Besetzung durchzuziehen oder zumindest vorzutäuschen. Nach zwanzig Minuten stand eine Hundertschaft der Brandenburger Bullerei vor der Hütte. Vor der Sperrkette der Beamten radelten vereinzelte Potsdamer Hausbesetzer mit ihren Mountainbikes hin und her und provozierten sie mit Anspielungen auf ihre eventuelle Vergangenheit bei der Volkspolizei in der DDR. Weitere Verstärkung gab es nicht, und wir hatten gegen die zehnfache Übermacht mit Knüppel und Helm keine Chance. Per Megafon bot uns der Einsatzleiter eine gewaltfreie Räumung an, wenn wir bereit wären, unsere Personalien aufnehmen zu lassen. Berndte brüllte durch die verbarrikadierte Tür: »Arsch lecken!«

Eine Viertelstunde später blockierten festgezurrte Handschellen den Blutzufluss an unseren Handgelenken.

Berndte – Brandenburg muss brennen

Berndte erwacht und kratzt sich den angekrusteten Schlafsand aus den Augen. Sein Hochbett, das er sich vor ein paar Wochen aus gebrauchtem Material von der gegenüberliegenden Baustelle zusammengeschustert hat, knarrt ein wenig bei seinen ersten Drehungen und Wendungen. Er lüftet die Decke, damit sich ein frisch entlassener Bierpups frei im Zimmer entfalten kann.

»Tschuldijung und jutn Morjen!«, krächzt es aus Berndte heraus, während er die Matratze abtastet. Aber Kati ist schon gegangen, das Frühstück bei ihren Eltern ist immer noch Pflichtprogramm, auch wenn sie inzwischen hochoffiziell bei Berndte übernachten darf.

Wochenende alleine in den eigenen vier Wänden, auch nicht schlecht, denkt sich Berndte und schwingt sich von der Matratze. Zum Pissen muss er nur durch die Küche, um im Lokuskabuff den Schimmel am Fenster zu bewundern.

Im letzten Sommer hatte sich Berndte in das Vermittlungsbüro der örtlichen Wohnungsbaugesellschaft begeben.

»Guten Tach! Bahnhofsviertel, billich, mindestens een Zimmer!«, verkündete Berndte selbstbewusst beim Betreten der heiligen Halle.

Die Kleinstadt verlor in den Folgejahren nach der Wende immer mehr Einheimische, die ihr wirtschaftliches oder persönliches Glück in der Ferne suchten. Der Abzug in Richtung Westen und nach Berlin oder Potsdam war immens, und so war es auch für die Auffälligen unter den Dagebliebenen möglich, eine eigene Behausung auf Mietbasis nach den jeweiligen Vorstellungen zu finden. Schon nach wenigen Wochen hatte Berndte ein Angebot für eine Besichtigung im Briefkasten seiner Eltern vorgefunden. Selbstbewusst schlenderte er zum Termin, er war der einzige Kandidat und Interessent.

»Zwee Zimmer, Bahnhofsviertel, Klo nich halbe Treppe ... Nehm ick!«

Kurz entschlossen unterschrieb Berndte bei der Gesellschaftstante den Mietvertrag. Vor seinem offiziellen Einzug veranstaltete Berndte eine Feier mit Bier und richtigen alkoholischen Getränken. Es wurde eine flotte Sause, bei der Oimel fast aus dem Fenster fiel und die Nachbarn verzweifelt mit den Bullen drohten. Berndte und Co lachten sie dafür aus, da die ehemaligen Volkspolizeischisser sowieso nicht kommen würden. Brandenburgische Suffrevolte ohne Gegner. Ein paar Tage später enterte Berndte mit drei Umzugspunks die Hütte. Innerhalb einer halben Stunde hatten sie die Habseligkeiten des neuen Hauptmieters in die Wohnung geschleppt. Die Musikanlage war so schnell aufgebaut, wie das Klo verstopft war. Dafür war die Miete so billig, dass Berndte sie von seinem fortgeschrittenen Lehrlingslohn locker stemmen konnte. Kohlen und Holz für die zwei Dauerbrenner klauten sie vom ehemaligen Russengelände.

Nach dem Toilettengang schrubbt sich Berndte in der Küche die Zähne, um den abgeranzten Biergeschmack des letzten Abends loszuwerden. Im Kühlschrank findet er noch einen Zippel Teewurst, welcher sich hervorragend mit dem letzten Brötchen auf dem Küchentisch kombinieren lässt. Die Kaffeedose klingt weiterhin hohl, dafür ist die Büchse Oettinger im Wohnzimmer noch ungeöffnet. Berndte knallt sich auf das durchgesessene Sofa im ersten Zimmer und schaltet die Glotze ein.

»Wochenende, Frühstück, Bildungsfernsehen. Was willste mehr?«, verkündet Berndte seinem imaginären Mitbewohner, während Al Bundy auf RTL seine zotigen Schoten abfeuert. Berndte liebt diesen Mist, der auf diversen Verblödungskanälen läuft. Zumindest dann, wenn er nichts Besseres zu tun hat.

Das Wummern an der Wohnungstür ist laut, schnell und fordernd. Ein Blitzbesuch der Eltern ist unwahrscheinlich, die benutzen die funktionierende Klingel. Für Bullen oder Faschos ist es noch zu früh.

»Oimel. Komm rin! Bier is aber keens mehr da.«

»Schon vajessn, Alter! Heut fahrn wa nach Berlin.«

»Watn, jetz schon? Is ja noch so früh.«

Oimel entert Berndtes Wohnzimmer und entsorgt sich auf dem Sofa.

»*Wir sind Zeeecken, asoziale Zeeecken! Wir schlafen unter Brüüücken oder in der Baaahnhofsmission ...*

Na, fällts dir jetz wieder ein?«

Berndte juckt sich die unfrisierte Rübe. Irgendwas war. Da Kati in den letzten Wochen aber viel Raum in Berndtes Alltag einnimmt, neigt er auch schon mal zur Vergesslichkeit. Oimel reagiert pikiert.

»Ey, Berndte, watn los?! Kaum ne Olle, schon wirste schrullich, oder wat? Darf man schon zum Hochzeitstermin und zur Schrankwand gratuliern?«

»Oimel, is jut. Mir fällts wieder ein. Pauli spielt heut bei Hertha. Fünfhundert Fans werdn in der ollen Nazischüssel im Auswärtsblock erwartet.«

»Jenau! Und wir mittndrin!«

Oimels Äuglein strahlen vor Wonne und in Erwartung eines erlebnisreichen Tages. Berndte pellt sich in seine speckigen Jeans. Damit die Sache richtig in Fahrt kommt, schaltet er die Musikanlage auf Dreiviertel-Maximum hoch. Kumpel Oimel schnappt sich unerlaubterweise Berndtes Frühstücksbier und tänzelt auf lauter Sohle in Richtung Fenster. Auf dem Nachbargrundstück entsorgen ein paar ehrenamtliche Rentner wertlos gewordenen Plunder aus den ehemaligen Räumen der *Volkssolidarität*. Als Berndte ihnen ein Lied singt, gucken sie nur doof.

»*If the kids are united, they will never be divided* ... Kommta mit zu Pauli, Jungs und Mädels?«

Ein puterrot angelaufener Opa antwortet angewidert: »Früher hättn se so wat wie dich gleich anne Wand jestellt. Jesindel seita und nur Scheiße im Kopp.«

Oimel lacht ihn aus und wirft dem Rentner per Hand ein paar Flugküsse zu.

»Mann, Berndte, deine Nachbarschaft: schlimmer als im Führerbunker.«

Berndte schließt die Fenster und hört nur mit einem Ohr Oimels Kommentare zum politischen Weltgeschehen. Vielmehr interessiert ihn die Frage, ob es schon genaue Pläne zur Beteiligung und zur Umsetzung der Anreise gebe.

»Oimel, alter Organisator. Wie kommn wa hin? Wer kommt mit?«

»Jute Frage, nächste Frage. Lukas und eener vonna Nachwuchsgang. Wir reisen stilecht im alten Wartburg von meem Vater. Die andern beeden Nasen holn wa anne Kaufhalle ab, die kümmern sich gerade um die Getränke. Noch mehr Wissensdurst?«

»Nee, nur Durst.«

Berndte ist zufrieden, dass sie nicht mit dem Zug fahren. Mit dem Regionalzug ginge es zwar etwas flotter, aber mit dem Auto macht es mehr Spaß. Auch wenn Oimel als Chauffeur die Promillegrenze am Steuer eher als gut gemeinten Hinweis betrachtet, schafft er es doch meistens, neben seinen Fahrkünsten die Mitreisenden in eine charmante Plauderei zu verwickeln. Auch als sie einmal, auf der Rückfahrt von irgendeiner Festivität auf irgendeinem Dorf, im Straßengraben landeten, nahm keiner der Mitfahrer Oimel diese kleine Versteuerung krumm. Da sie zu sechst unterwegs waren, war der Wartburg schnell wieder auf die Straße geschoben.

»So, nu mach mal. Wir müssen los.«

Berndte schwingt sich in seine Boots und sucht seine Jacke. Das Basecap mit dem Logo des FC St. Pauli ist zum Glück nicht frisch gewaschen.

»Wo isn der Autoschlüssel?«

Oimel wirkt leicht verzweifelt. Berndte kann sich einen näselnden Spruch nicht verkneifen.

»Vielleicht in der ledernen Gelenktasche, Schatz!«

Oimel lacht und gibt Berndte einen Klaps auf den Arsch.

»Hier isser doch, Schatz. Nu aber hoppi.«

Der Wagen ist innen so vermüllt wie immer. Seit sich Oimels Vater einen Renault 19 angeschafft hat, ist ihm der Zustand seiner alten Ostschleuder egal. Die einzige Bedingung bei der Übergabe an den verzogenen Sohn war, das Auto nicht direkt vor der Haustür zu parken.

Die Karre sieht so aus, wie der Anlasser klingt. Die Mucke aus dem Autoradio kommt stilecht rüber: laut, rotzig, zum Anlasser passend. Nach einer sportlichen Rechts-links-rechts-

Kurve bremst Oimel den Wagen vor dem Kaufhalleneingang ab. Lukas und der Nachwuchspunker kommen fröhlich gelaunt aus der Kaufhalle geschlendert. In drei Plastiktüten transportieren sie Diverses.

»Sport frei«, jubelt Lukas.

»Immer rein in die jute Stube«, verkündet Oimel kurz und knackig.

Nach wenigen Metern befindet sich die launige Reisegruppe auf der Bundesstraße Richtung Berlin. Stolz, dabei zu sein, reicht der Nachwuchs Sixerpullen Schultheiß herum, nicht ohne sie vorher mit der eigenen Kauleiste zu öffnen. Berndte staunt nicht, gibt sich aber fürsorglich.

»Alter, willste mit Mitte zwanzig aussehn wien Fuffzichjähriger, der dreißig Jahre Dreischichtsystem im Chemiewerk hinter sich hat?«

Der Jungsche grinst nur irre und grölt eine Fußballparole durch den Innenraum des Wartburgs. Oimel guckt Berndte fragend an.

»Warn wa vor zwee Jahren ooch so druff?«

»Ick denke. Wir warn jung und brauchten die Kaputtness.«

Pullerpause in Nauen, Leergutentsorgung in Spandau. Auf der Heerstraße splittern die leeren Schultheißflaschen auf der Überholspur. Ein biederer Opelfahrer zeigt ihnen einen Vogel.

»Wenn wa n Schal oder ne Fahne hättn, könntn wa die jetz raushängen«, gibt sich Lukas nachdenklich.

Oimel kontert:

»Mann, Lukas, dit jeht jar nich. Sind wa Hertha-Prolls oda wat?«

An der Kreuzung zum Olympiastadion ist noch nicht viel los. Eine einsame Bullenwanne steht auf der Parkspur, vor einem Imbiss stehen einige Herthaner mit Lederwesten und Karohemden. Ostleroutfit im wilden Westberlin, zeitlose Bekleidung zeitloser Fußballgestalten. Oimel lenkt den alten Wartburg an dieser Ansammlung vorbei, während der Nachwuchspunk die Reinickendorfer Rocker provoziert.

»Super Sankt Pauli, ihr Assis!«

Während die Herthaner beginnen, der Provinzpunkdelegation ihre Kindl-Flaschen hinterherzuschmeißen, hat Oimel längst eine halb legale Parknische gefunden. Vor einem Wohnheim für irgendwas ist längeres Parken verboten. Oimel bremst und rudert in eine Nische.

»Ein Fußballbesuch ist wie Wochenendeinkauf ausladen, wa, Jungs?«

Berndte kramt nach seinem Basecap, welches er während der Fahrt abgesetzt hatte und das irgendwo unter dem Beifahrersitz vor sich hin gammelt.

»Riecht nach Schultheiß, nich nach Kotze. Also ruff uff de Birne!«, gibt sich der Nachwuchspunker modisch bewusst und reicht ihm seine Specksportmütze.

Da die Biere alle sind, macht Berndte den Vorschlag, die Gegend um das Olympiastadion nach Nachschub zu erkunden. Lukas und Oimel haben Bedenken. Sie vermuten einiges an Faschos bei den diversen Getränke- und Hertha-Buden.

»Ne Brühwurst mit was vors Maul, na ick weeß nich so richtich.«

»Stimmt, hier in Westberlin haben die nich mal Bockwurst. Aber was solls, ick will noch n Bier.«

Berndte hat Bock auf Bock oder Pils und kann die anderen überzeugen. Der jungsche Rocker jubelt: »Super Hamburch – Saaankt Pauliii!«

In der Nähe des S-Bahnhofs Olympiastadion steuern sie eine Eckkneipe an, die ausladend auf Fremdlinge wirkt. Berndte und Oimel geben sich begeistert.

»Los! Da jehn wa rin.«

Vor der Kaschemme stehen ein paar ältere Herthaner mit ihren Kutten. Bunte Aufnäher künden von Fußballaffinität und Bewusstsein. »*Ostkurve, Reichshauptstadt, ich bin stolz, ein Deutscher zu sein.*« Oimel studiert den benähten Rücken der einen blau-weißen Litfaßsäule.

»Ficken oda wat?«

»Willste uffs Maul? Dreckszecke.«

»Nee. Nur n Bier.«

Oimels verbale Friedenspfeife scheint zu wirken, unverletzt betreten sie die gastronomische Grausamkeit. Holzgetäfelte Wände, Fußballwimpel, schlechte Luft. Der dicke Wirt zapft und schielt zur ungewöhnlichen Viererkombo, die gerade seine heilige Halle betritt. Ein Mittdreißiger im Skinoutfit und mit Reichskriegsflagge, die er wie ein Röckchen um seine speckigen Hüften gebunden hat, parkt seine kahle Rübe auf dem Tresen.

»Vier Bier, bitte!«

»Na jut, Jungs. Aber macht keen Ärja!«

»Wir nich, Meister der Theke.«

Der adipöse Zapfer gibt sich friedfertig, hat er wohl im Laufe der Jahre gelernt, bei diversen Heimspielen von Hertha BSC abzuwägen, ob das eine ausgeschenkte Bier zu viel einen Randaletornado auslösen könnte, der seine Existenz zu Kleinholz zerlegt.

Berndte, Oimel und Co parken sich in der hinteren dunklen Ecke der Kneipe ab. Lukas beginnt, einen Spielautomaten erst zu füttern und dann zu beackern, indem er wie ein Wilder auf blinkenden Knöpfen rumhämmert.

»Scheiße! Der Heiermann is verloren.«

»Selber schuld! Los, austrinken und Abmarsch.«

Oimel, der selbst ernannte Reiseleiter, gibt das Signal zum Aufbruch. Aus Richtung des U-Bahnhofes Olympiastadion kündigen schallende Gesänge Interessantes an. Drei oder vier Bullenwannen mit Blaulicht-Blinkeblinke bahnen sich ihren Weg an diversen Verkaufsbuden vorbei. Dahinter circa fünfhundert St.-Pauli-Fans, begleitet von einer Hundertschaft Berliner Polizei. Diverse Skins, Faschos und Rockabillys an den Wurst- und Fanartikelbuden drehen am Rad. Berndte gibt sich orgiastisch.

»Los jehts!«

Sprechchöre und Bierbecher tauschen per Kurzflug die Örtlichkeiten aus, Stinkefinger, Hitlergrüße, politischer Weltkundeunterricht ohne Pausenklingel. Nach zwei Minuten haben die Einsatzkräfte eine menschliche Mauer fabriziert und wackeln nervös mit ihren Einsatzknüppeln. Zehn bis zweihundert Pauli-Punks singen: *»Deutsche Polizisten schützen die Faschisten!«*

Von den Brühwursthooligans aus der Reichshauptstadt schallt es zurück:

»... ihr schlaft unter Brücken oder in der Bahnhofsmission!«

Ein kurzer Anranzer aus der Lautsprecheranlage einer Bullenwanne sorgt für Beruhigung der undurchsichtigen Gesamtlage.

»Achtung, Achtung! Hier spricht die Berlina Polizei ...«

Berndte, Oimel, Lukas und der Nachwuchspunk hängen sich an den Tross der Gästeanhänger ran. Euphorie durch Mobfeeling. Schlangen vor den Kassenhäuschen, Proletenbespaßung nur sechs Mark. Muffelige Ordner durchsuchen ungewaschene Jacken nach Dingen, die schon 1936 im Nazitempel verboten waren. Einer der Schnökerfritzen ranzt Oimel und Berndte an.

»Mit Stahlkappenbotten kommta hier nich rin!«

»Ey, Alta, wir ham bezahlt! Hier, dit Ticket.«

»Mir ejal! Vorschrift is Vorschrift.«

Ein Einsatzleiter guckt, den Ordner unterstützend, ein bisschen böse in Richtung des Geschehens. Keine Chance auf neunzig Minuten Fußballpunk. Berndte und Oimel drehen ab.

»Is nich wahr, oder!? Ick kotz gleich.«

Wütend tritt Oimel gegen eine leere Bierflasche, die prompt an der Seite eines Gruppenfahrzeuges der Berliner Polizei zerschellt. Ein Bulle zu Fuß bittet barsch um sofortiges Stehenbleiben. Die abgewiesenen Freunde des runden Leders starten durch und rennen erst mal in Richtung S-Bahnhof. Kurzer Blick über die Schulter, der Staatsmachtangehörige hat die Verfolgung nicht aufgenommen.

»Scheiße! Und nu?«

Berndte weiß Rat.

»Nur een Gästeeingang, da komm wa heute nie im Leben rin. Die blöden Schweine kennen jetz unsre Fressen. Lass uns wieder in die Kneipe da gehn.«

»So eine Scheiße! Ach, Dreck!«

Oimel wirkt angefressen wie selten, seine Augen funkeln fies. Der Nachwuchspunk sitzt auf einer Bahnsteigbank und rollt einen Joint.

»Ers ma runterkommen, wa, Jungs?!«

Auf dem Weg zur Kneipe paffen und puffen sie die Kräuterrolle bis zum Anschlag. Lukas attackiert einen Mülleimer mit seinem wetterfesten Malstift. Großes A drauf, Kreis rum, fertig.

In der Kneipe grunzt ihnen der Wirt einen freundlichen Gruß entgegen.

»Na, Jungs, habta den Eingang nich jefunden?«

»Vier Bier für die Männer vom Sägewerk bitte!«, versucht sich Berndte mit dem ältesten Kneipenwitz der Welt und streckt beide Hände und vereinzelte vier Finger in die Luft. Der Wirt nickt knapp und fängt an zu zapfen. Berndte und Co setzen sich in den kleinen Biergarten vor dem Trinkladen.

»Und nu?«

»Na wat soll sein?«

Die Schultheiß-Tulpen fliegen ein, der Wirt macht vier Striche in seinen Notizblock. Oimel witzelt hinterher.

»Stasi raus!«

Kommt mir nich mit die Kommunistenscheiße«, gibt sich der Zapfer resolut. Er zündet sich ein Zigarillo an, stellt sich zu den Jungs an den Tisch und schnattert los. Seine Schwester heißt Hermine, hat drei Jahre bei der Stasi im Bau gesessen, wegen versuchter Republikflucht.

»War se besoffen?«

Oimel will es genau wissen.

»Ach, is lange her.«

Der Wirt verschwindet kurz, kommt wieder und stellt den vier Jungs vier Schnäpse auf den Tisch.

»Ihr seid in Ordnung.«

»Du ooch«, gibt sich Berndte empathisch.

»Wie heißte denn?«

»Jünter! Hier nenn mich aber alle Jünni.«

»Auf dich, Jünni!«

»Uff Sankt Pauli und deine Schwester ...«, meldet sich der Nachwuchspunk zurück, nachdem er, aufgrund des Joints, etwas abseitig war.

»Wie hieße noch mal? Herta?«

Nachdem sie ihre Erfrischungsgetränke ausgetrunken haben, fragen sie sich, wie der Rest des Tages vergeudet werden könnte. Wenn Oimels oller Wartburg es noch bis Potsdam schafft, könnten sie ins *Archiv* schlendern, da dort sicherlich irgendein Konzert wäre. Ein längerer Berlin-Aufenthalt wird verworfen, keiner der vier hat heute mehr Lust auf Kreuzberg, Schöneberg und Schnickschnackschnuck.

»Biste fahrtauglich?«, erkundigt sich Berndte bei Oimel.

»Na lojisch! Auf gehts. Jünter, machs jut!«

An der Frontscheibe klebt ein Strafzettel. Berndte reinigt sich damit symbolisch seinen Schließmuskel und entsorgt ihn im nächsten Gulli. Nachdem die Zündspule des Autos einen kurzen Protestsong jault, springt der Motor an.

»Immer rin in die jute Stube.«

Auf der Heerstraße ist wenig los, Oimel gibt Gas. Grüne Welle, kurze Pausen. Während des Lenkens durchsucht Oimel den Nahbereich seines Sitzes nach brauchbarer Musik. Berndte bietet sich als DJ an.

»Konzentrier dich uffs Lenken. Ick mach schon.«

»Hallo Spandau, tschüss, Berlin!«

Am Stadtrand, auf Höhe des ehemaligen Grenzübergangs, ist am späten Samstagnachmittag so viel los wie immer. Gefühlt Brandenburg, real Brandenburg. Auf dem Standstreifen bemühen sich vier oder fünf Verkaufsstände, so etwas wie Flohmarktatmosphäre zu verbreiten: Bomberjacken, Baseballschläger, Bohrmaschinen, Billigramsch von sonstwoher. Ein selbst gemaltes Schild wirbt für Erbsensuppe aus der Gulaschkanone. Auf dem Mittelstreifen steht ein Tramper und lüftet seinen Daumen.

»Mensch, kiekt euch den an! Boots, bunte Haare, Bundeswehrrucksack. Oimel, halt an! Den nehm wa mit.«

Oimel bremst scharf und steuert den Wartburg auf die Grasnarbe. Das Autoradio beschallt die vorstädtische Idylle mit tausend Takten Punkmusik. Der trampende Punk eilt im lockeren Trab heran.

»Tachchen, Alter! Wo willstn hin?«

»Falkensee, ihr Kloppis!«

Oimel überlegt kurz: »Na, wir wolln eigentlich nach Potsdam. Ins *Archiv*.«

»Scheiß Potsdam. Nehmt mir mit, und kommt mit zu uns.

Wir haben da in dem Kaff n ehemaliget Bahnhofsjebäude besetzt. Icke und vier Kumpels.«

Berndte, Lukas, Oimel und der Nachwuchs glotzen sich an. Nonverbales Punkerplenum. Lukas spricht es schließlich aus.

»Der Tach is noch lang, ins *Archiv* können wa immer noch. Lasst uns die Hütte mal anglotzen.«

»Los, steig in!«

Lukas und Nachwuchs rücken zusammen, der Falkenseer Besetzer kracht grobmotorisch auf die Rückbank. Seinen Rucksack stopft er unter den Vordersitz. Oimel gibt Gummi. Berndte hält dem Neuen eine Schachtel F6 unter die Nase.

»Zijarette? Wie heißte denn eigentlich?«

»Geil, ers ma eene roochen. Ick bin Ralle. Wohn in Falkensee, bin aber letzte Nacht uffn Bahnhof Spandau versackt. Halleluja! Da vorne, anne Ampel rechts und dann immer Jummi. Halbe Stunde sind wa da.«

Während der flotten Fahrt fasst Berndte kurz die bisherigen Tagesereignisse für Ralle zusammen.

»Mit Stahlkappen keen Fußball. Scheiß Bulln!«

Während der Nachwuchspunk wegnickt, dreht Lukas einen Joint. Ralle ist begeistert.

»Ja geil! Jute Idee. Hatt heute noch keen Mittach.«

Die Tüte kreist, fünf Jungs kommen rauschend voran. An einer Dorftankstelle, irgendwo im Nirgendwo, nach einer Viertelstunde ein Zwischenhalt.

»Bier muss her! Los, vom gesparten Eintritt holn wa einen Kasten. Gastjeschenk für die Bahnhofsbirnen in Falkensee.«

Ralle findet die Idee hervorragend und meint, dass sie damit für ein großes Hallo sorgen würden. Lukas und der Nachwuchs werden abkommandiert. Oimel schmeißt währenddessen noch eine Runde Zigaretten. Lässig stehen sie am Wartburg und sehen, wie nach etwa fünf Minuten die beiden

Bierverantwortlichen mit einem Kasten Oettinger die Tankstelle verlassen. Schnellen Schrittes kommen sie angehetzt.

»Oimel, lass die Karre an. Wir müssen los!«

Berndte schaltet zuerst und mahnt zur Abfahrt: »Alter! Die haben nich bezahlt. Abflug!«

Eine zeternde Tankstellenangestellte kommt aus dem Verkaufsraum gestürmt. Wütend fordert sie die Unterstützung, die sie mangels Anwesenheit hilfsbereiter Volkssturmmänner nicht erhält.

»Kann mal wer die Schweine uffhalten?! Bringt sofort die Sachen wieder in den Laden, ihr Assis. Ick ruf die Bullen!«

»Alle da? Drei, vier, fünf ... Ja!«

Oimel startet den Motor und hofft auf die Gnade der Zündspule. Mit übertourtem Motor steuert er die Abfahrt an.

»Schalt mal langsam hoch. Jetz n Kolbenfresser, dann sind wa am Arsch.«

Nach kurzer freier Fahrt entspannt sich die Situation. Lukas grinst und schaut mit einer hässlichen Sonnenbrille, Modell Stubenfliege, in die Runde.

»Ick konnt nich wiederstehn, Ladys.«

Mit zunehmender Fahrt kehrt in die rollende Ostschleuder Ruhe ein, das Punkadrenalin sinkt auf Normalniveau. Lukas verteilt vom günstigen Bier.

»Prost! Jut jeklaut is halb verdaut.«

Ralle übt sich in Komplimenten: »Ihr seid ja druff!«

»Fußball, Plündern, Alkohol!«, gibt sich der Nachwuchs altbacken, während ihm die Oettinger-Soße über das Kinn läuft.

»Nun mach ma langsam, Kleener. Der Tag is noch nich zu Ende«, belehrt Berndte den Nachwuchs, da er keine Lust hat, schon am frühen Abend eine minderjährige Alkoholleiche vor dem Haupteingang der örtlichen Rettungsstelle abzulegen.

Hinter dem Ortseingangsschild von Falkensee reihen sich

in langer Reihe Einfamilienhäuser auf. Friedliche Spießeridylle vor den Toren Berlins. Viele Bauten stammen aus DDR-Zeiten, zusammengeschustert von motivierten Eigenheimbauern mit allem, was die Mangelwirtschaft hergab. Einige Nachwendebaustellen zeugen von den neuen Realitäten. Gasbeton und Dämmschutzmatten, verarbeitet von willigen Bauarbeitern aus Osteuropa. Vor den Auffahrten stehen die dicken Karren der Bauherren, mit Berliner Nummernschild und »I love Bonn«-Aufklebern.

Der Bahnhof liegt innerhalb des Ortes, wirkt aber aufgrund der fehlenden Umbauungen wie eine ehemalige Vorstadthaltestelle. Wild wuchert penetrantes Unkraut vor und an dem alten Gebäude, aus der Dachrinne streben ein paar junge Birken Richtung Platz an der Sonne. Oimel parkt den Wartburg direkt neben der Feuerstelle im Wildgarten zwischen Bahnhof und der örtlichen Hauptstraße. Aus den Fenstern schallt Punk, eine DDR- und eine Anarchie-A-Fahne wehen an der Fassade.

»Sieht jut aus«, gibt Oimel ein erstes Statement ab, während er die Fahrertür mit Schwung zuknallt. Aus dem Haus kommt ein mittelgroßer Mischlingshund angehechelt und umgarnt freudig die angereiste Truppe. Ralle krault ihm den Hals und artikuliert Wiedererkennung.

»Jaaa, der Pancho! Bist ein Feiner, bist ein Feiner ...!«

Aus einem Fenster im ersten Stock guckt ein verschlafener Typ mit grün gefärbten Haaren raus und bittet um Aufklärung:

»Ralle! Wen haste uns denn da anjeschleppt?«

»Alles prima. Sind ein paar dufte Jungs, die se nich ins Olympiastadion reingelassen habn. St. Pauli bei Hertha.«

Währenddessen kommt der Bewohner der Hütte auf den Hof und stellt sich vor. Pancho rennt vor lauter Freude über den unerwarteten Besuch im Kreis, kläfft und bellt und jagt dabei seine eigene Schwanzspitze.

»Ick bin Fenchel. Und ihr?«

Oimel kann sich einen Spruch nicht verkneifen: »Salbei und Kamille. Anjenehm!«

Der Grünhaarige wird ruppig: »So heiß ick nun mal, Penner!«

»Alles jut. Willste ein Bier?«

Dank des Gastgeschenkes ist der nachmittägliche Frieden wiederhergestellt. Fenchel gibt sich versöhnlich und bittet herein.

»Na los. Ers mal alle rinn in unsern Hauptbahnhof der Anarchie.«

Im Treppeneingang stapeln sich mehrere Fahrräder älterer Baujahre. Solide Balken liegen bereit, um im Ernstfall die Tür zu verbarrikadieren. Es riecht etwas modrig, von den Wänden rollt sich alte Lackfarbe ab.

»Geht mal hoch inne Erste. Rechter Eingang.«

Oimel stampft mit Lukas voran, der nicht mehr ganz volle Bierkasten klappert fröhlich vor sich hin. Ein großes Zimmer mit drei alten Sofas, einem Tisch und besprühten Wänden lädt zum Verweilen ein. Eine Anlage mit großen Boxen sorgt für musikalische Untermalung. Fenchel verkündet die Hausordnung.

»Setzt euch. Zum Pissen aufn Hof, zum Scheißen sowieso. Reicht schon, wenn Pancho hier allet vollkackt. Drecksköter.«

Die Reisegruppe, Ralle und Fenchel schmeißen sich auf die Sofas. Eine neue Runde Oettinger wird verteilt, Prost, Prost, Schacka, Schacka.

»Geile Mucke! Deutschpunk geht immer.«

»Jenauuu! Du bist richtig, Piepel«, komplimentiert Fenchel den Nachwuchs anerkennend für seinen musikkennerischen Spruch. Stolz und besoffen glühen seine Wangen.

»Wolln wa noch einen blökern«, fragt Ralle trocken in die

Runde. Lukas fühlt sich angesprochen, ohne dass nackige Finger auf ihn gezeigt haben. In Jackentaschen und Hosenbeulen durchsucht er sich selber nach einem Pickel, Krümel oder Stein. Nachdem er fündig geworden ist, verkündet er routiniert:

»Drei Blättchen, n Stück Pappe und Tabak herbei! Und los jeht die Rollerei ...«

Während Lukas baut, erkundigt sich Berndte bei Fenchel nach dem alltäglichen Leben in dieser Bahnhofshalle des unartigen Lebens. Fenchel überlegt kurz, rollt mit den Augen und spitzt die Lippen wie ein Essigverkoster.

»Na, wat soll sein? Im Sommer iset schön, und im Winter verheizen wir dit Treppenjelända. Der Hund hat seine Freiheiten, und ick hab viel Besuch. Wenn nich, hab ick meine Musik.«

»Nachbarschaft und Faschoscheiße?«

Berndte hakt nach. Ralle erzählt, dass sich vor ein paar Wochen hundert Faschos aus Oranienburg, Velten und Hennigsdorf angekündigt hatten, um sie auszuräuchern. Passiert sei nichts. Im Haus waren sie vorbereitet, hatten unten alles verbarrikadiert und genug Wurfgeschosse an den oberen Fenstern gelagert. Im Haus waren sie nur zehn Leute. Acht Punks und zwei Alkis aus dem Ort, die aber schon am frühen Abend erst weggenickt und dann eingeknickt waren.

An den Tagen danach hatte die Gerüchteküche gebrodelt. Von einigen Schlaumeiern hieß es, die Nazihorde wär' von den Bullen bereits am S-Bahnhof abgefangen worden. Andere glaubten das nicht, da nur die wenigsten Ex-Ostbullen auf eine Hundertschaft Faschoskins raufgehen würde.

»Seitdem war nischt mehr«, erzählt Fenchel. »Hier im Ort gibts ja nich so ville Nazis. Und die paar Kinderglatzen traun sich nich alleene. Da, wo ihr herkommt, is es wohl schlimmer, hab ick jehört.«

»Hör uff! Ja, is krass bei uns. Aber was solls, wir ziehn unser Ding durch.«

Berndte lehnt sich zurück und signalisiert dadurch, dass für ihn thematisch Ende im Gelände ist. Oimel krallt sich ein weiteres Oettinger aus dem Kasten und trällert in die Runde: *»Heute wolln wa fröhlich sein!«*

Der inzwischen deutlich gezeichnete Nachwuchs, nebenbei mit einem Schluckauf kämpfend, hängt sich ungefragt mit ein: *»Hijahijahooo …!«*

Seine Augen sind so glasig wie ein Schaufenster, die Reaktionen schon deutlich verlangsamt. Aus einem Hickser wird ein trockenes Würgen. Nachwuchs hängt noch nicht in den Seilen, aber bereits auf dem Sofa wie ein narkotisierter Eisbär.

Lukas lässt die inzwischen fertig gebastelte Tüte kreisen. Nachdem Fenchel ein paar kräftige Züge inhaliert hat, schwankt er zur Anlage und wechselt die Kassette. Langsame, aber harte Gitarrenriffs erklingen, eine raue, tiefe Stimme säuselt vor sich hin. Oimel gibt den Kulturbanausen.

»Wat isn dit für Mucke? Ick vasteh nich ein Wort.«

Ralle klärt ihn auf: »Mann, dit is Deltablues. Ick liebe das Zeug. Die Knastmucke des frühen Jahrhunderts. Früher ausschließlich von Schwarzen gespielt.«

Der noch nicht ganz narkotisierte Nachwuchs krächzt einen Kommentar.

»Negermucke oder wat?«

»Alter, noch son Spruch, und ick hau dir uffs Maul!«

Ralle ist sauer, Fenchel versucht, ihn zu beruhigen.

»Bleib locker, war nurn Spruch. Der Piepel hats eh gleich geschafft.«

Wie auf Kommando reißt sich der Nachwuchs die Hand vor den Mund, die Augen auf und kämpft sich aus dem Sofa. Mit einem Würgen, das bereits seine Gurgeletage erreicht hat, schwankt er aus dem Zimmer. Im Treppenflur künden polternde Geräusche von Abwärtsbewegungen.

»Die Richtung stimmt!«

Fenchels Kommentar verführt die restliche Runde zum gemeinsamen Gackern. Ralle jubelt aus dem Fenster: »Weiter, immer weiter, junger Mann!«

Berndte will wissen, was unten passiert.

»Vor fünf Sekunden issa inne Büsche jefalln. Nun is ers ma Ruhe.«

Oimel gibt eine Erklärung als vorübergehender Erziehungsberechtigter ab: »Er liegt trocken und weich. Soll erst mal wieder ein bisschen klarer werden inne Birne. Mann eh, keene siebzehn und sich wegschießen wien Großer. Krass!«

Der Deltablues jazzt vor sich hin, alle chillen. Einer im Gebüsch, der Rest auf den Sofas. Nur Pancho rennt von einem zum anderen, schnuppert an den Schuhen oder den hängenden Händen. Kein spielfreudiger Punk, kein sportlicher Radaubruder, der mit ihm spielen will.

»So, Jenossn, ick mach Kaffee! Wer will?«

In einer dunklen Ecke lässt Fenchel Wasser aus einem rostigen Hahn in einen altersschwachen und leicht verkokelten Wasserkocher laufen. Mangels Filtertüte stopft er Klopapier in den Plastefilter. Das Pulver sei frisch geklaut aus dem Dorfkonsum seines Vertrauens, verkündet er stolz.

»Tassen sind jenuch da. Wer ne saubere will, wäscht se sich bitte selba ab.«

»Solang der Hund nicht rinjeschissn hat, is mir allet egal.«

Lukas klingt mitgenommen, einen Muntermacher kann er gut gebrauchen. Berndte sucht sich unter den Tassen die unauffälligste raus.

»Na, hoffentlich is dit keen Muckefuck«, verkündet er.

Oimel geht es pragmatisch an, macht sich Gedanken über

den Rest des Tages: »Der Abend is noch jung, was wolln wa heut noch machen?«

»In Potsdam is doch Konzert«, hat sich Berndte gemerkt. Oimel hat Bedenken.

»Is ja nich so, dass ick nich mehr fahren könnte. Aber ich bin so dicht, da falln mir bei na Kontrolle keene Ausreden mehr ein.«

Fenchel merkt an, dass in Falkensee am Wochenende Totentanz ist. Die *Baracke* hätte zwar ab und zu gute Bands am Start, aber heute wäre da nichts.

»Neulich warn die *Emils* da. Klang ooch so, wie *Slime* andersrum.«

Während Fenchel den Kaffee einschenkt, überlegen alle, was gegen die langsam aufkommende Langeweile zu tun sei. Ideen, Pläne und kein Zündfunke.

»Der Kaffee schmeckt kacke!«

»Hier is Zucker, Kostverächter!«

Kurz nachdem Ralle Berndte eine halb volle Tüte mit verkrustetem Zucker an die Rübe gepfeffert hat, gibt es unten im Hof einen dumpfen Knall.

»Was war das?«

»Na, was soll schon sein.«

Gemächlich schlendert Fenchel zur Musikanlage, um die Kassette zu wechseln. Durchs offene Fenster nimmt er einen weiteren Knall wahr. Fenchel riskiert einen Blick.

»Alter, Scheiße, euer Auto brennt«, ruft er aufgeregt in die träge Runde.

Alle springen auf, restlicher Kaffee verteilt sich auf dem versifften Sofa und dem sowieso schon braunen Linoleumfußboden. Fünf Punks drängeln sich am Logenplatz, zehn Augen versuchen, Blicke zu erhaschen. Am vorderen Reifen des Wartburgs schlägt eine etwa einen Meter große Flamme züngelnd in Richtung Motorraum hoch. Schwarzer Rauch sucht sich seinen Weg in Richtung aufwärts. Berndte wird blass, Oimel puterrot.

»Nachwuchs, du Ratte! Ick bring dich um!«

»Weeßte doch gar nich, ob er dit wa«, versucht sich Berndte als Beruhiger. Ralle schaltet am schnellsten.

»Ers ma alle runter, löschen!«

Alle stolpern die Treppen runter, Pancho aufgeregt kläffend voran. Im Hof dreht Fenchel den Wasserhahn auf, um den rostigen Eimer zu füllen.

»Gibts hier keen Schlauch?«, brüllt Berndte ihn an.

»Nur den oben, aber der is zu kurz.«

Lukas fängt an, wie ein Irrer kleine Sandhäufchen in den Brand zu schleudern, was die größer werdenden Flammen ignorieren. Fenchel wirft den gefüllten Wassereimer in das Feuer, was lediglich für kurze Brandunruhe und zusätzlichen Wasserdampf im schwarzen Qualm sorgt. In der Ferne heult eine Sirene und ruft die freiwillige Feuerwehr des Ortes zum Einsatz.

»Scheiße«, brüllt Oimel und zerrt Nachwuchs aus dem Gebüsch. Schreit ihn an, schüttelt ihn und hält seine schlaffe Rübe in Richtung Feuer.

»Warst du dit?«

»Wasn los?«

Am Vormittag des nächsten Tages stehen vier verkaterte Wochenendrebellen auf dem Bahnhofsvorplatz der heimischen Kleinstadt.

Nachdem die Feuerwehr den Brand gelöscht hatte, war von dem Wartburg nicht mehr viel übrig. Zwei Bullen in Ostuniformen und mit altem Streifenwagen der Marke Lada teilten knapp mit, dass der Fahrzeughalter für die Entsorgung des ausgebrannten Pkw selbst verantwortlich sei. Oimel war stinksauer und beschuldigte weiterhin den Nachwuchspunk, das Feuer im Rausch gelegt zu haben. Ralle und Fenchel schätzten die Lage so ein, dass auch irgendwelche Faschos das Auto angezündet haben könnten. Berndte hielt die These nicht für unwahrscheinlich: »Vorgefahrn, Molli ruff und weg.«

Müde schlendert die ramponierte Truppe los. »Holn wa uns noch n Bier am Bahnhofsimbiss?«, fragt Lukas in die Runde. Der Nachwuchs wird blasser, als er sowieso schon ist, auch Berndte lehnt dankend ab. Oimel knirscht mit den Zähnen, sein Blick ist erstarrt, die Fäuste knirschen in den Taschen seiner Lederjacke.

»Fickpisse! Wie erzähl ick das nun meim Alten? Und die ganze Mucke. Alles verbrannt.«

»Mann, Oimel. Ick war dit nich.«

»Jaja, is jut. Halt einfach die Fresse.«

An Berndtes Wohnungstür hängt ein Zettel von Kati. Sie würde später noch mal vorbeikommen, heißt es auf dem. Er lässt die Schlüssel stecken, schmeißt sich auf sein Sofa. Zu müde, um einschlafen zu können, angelt er sich die Fernbedienung der Glotze. Auf RTL läuft Al Bundy.

»Halt einfach die Fresse«, murmelt Berndte mehr zu sich als zum TV-Gerät, schaltet wieder aus und schleppt sich zur Matratze. Im Halbschlaf sieht er besoffene Fußballfans um brennende Autos tanzen. Ehemalige Ostbullen verkaufen Bockwurst, und Oimel steht am DJ-Pult. Deltablues im Viervierteltakt. Kati sitzt am Rand des Geschehens auf einem alten, schön gedrechselten Stuhl und schaut ihn ernst an. Abseits des Geschehens steht Berndte am Anfang einer Landstraße, die ins Nirgendwo führt …

Während er sich fröstelnd die Decke bis zum Hals zieht,

hört er die Wohnungstür klappen. Katis Stimme klingt Tausende Meilen entfernt:

»Na, mein Prinz?! Wie wars beim Fußball? Und wieso, verdammt, stinkt es hier so nach verbranntem Gummi?«

Noch ein König

Ach, ich hatte mir über all die Monate alle erdenkliche Mühe gegeben, die bundesrepublikanischen Lohnarbeitsrealitäten nicht durch meine Anwesenheit zu belästigen. Meine unermüdliche Arbeitsvermittlerin zeigte unerwünschte Kontinuität, wenn es darum ging, mir zu vermitteln, dass es eines Tages schon klappen würde und ich die Hoffnung nicht aufgeben solle. Eine Hoffnung, die ich nicht hatte, und bei der ganzen Hofferei hoffte ich nur eins, nämlich weiterhin als hoffnungsloser Fall Karriere zu machen. Aber ich war eine umgeschulte Fachkraft, und auch umgeschulte Fachkräfte, die einen Computer anschalten und einen Kopierer ausschalten konnten, würden im Minenfeld der unterbezahlten Beschäftigungstherapie schon einen trittmäßigen Volltreffer landen. Mit einem Schmunzeln im Gesicht überreichte sie mir einen kleinen Stapel Stellenangebote, vielleicht fünf oder sechs, für mich gefühlte fünfunddreißigtausendsiebenhundertsiebzehn. Hinter ihrem Bürofenster sah ich die Sonne untergehen, obwohl es erst Vormittag war. Graue Wolken am Horizont zwischen dem S-Bahnhof Landsberger Allee und den ehemaligen Großschlachthöfen Friedrichshain, dort, wo vor vielen Jahrzehnten ein BFC-Fan nach dem Gewinn der dritten oder vierten DDR-Meisterschaft und anschließender ausgiebiger Befeierung derselbigen ein Vollbad im Schweinescheißebecken nahm, um anschließend auf allen vieren auf dem Alexanderplatz spazieren zu gehen. Zumindest lautet so eines der beliebten regionalen Volksmärchen, welche gerne erzählt, aber nie aufgeschrieben wurden.

Sollte ich auch in der Scheiße landen und in Zukunft jeden Morgen unmotiviert zu einem dieser bei vielen Mutanten so beliebten Arbeitsplätze gondeln? Zumindest gab es noch die Möglichkeit, die Bewerbungsschreiben so zu verfassen, dass man spätestens bei der zweiten Durchsicht aus dem Rennen war und auf dem Ausschussstapel landete. Nein, ich war keiner dieser Kandidaten, die in ihrem Lebenslauf eine halbwegs erfolgreiche Alkoholentgiftung aufführten oder im Anschreiben die fristlose Entlassung aus dem letzten Arbeitsverhältnis mit einer verlorenen Hauerei in der Mittagspause begründeten. Ich ging da subtiler vor. Das gewollte Hinterlassen eines mittelmäßigen Gesamtbildes ist eine Kunst, die es zu beherrschen gilt, ob nun in schriftlicher oder mündlicher Form.

»Auf den ersten Eindruck kommt es an!«, meinte mal Kumpel Holger in seiner Trainingsjacke vom FC St. Pauli und betrat die S-Bahn nach einem Heimspiel von Hertha BSC gegen den Hamburger Sportverein.

»Stimmt!«, stimmte ich zu und schwebte, immerhin im T-Shirt des beim schlichten Volk unbeliebten Fußballvereins Tennis Borussia Berlin, hinter Holger her.

Als erfolgreich zum Bürokaufmann Umgeschulter setzte ich bei Bewerbungsschreiben die Zeilenabstände zwischen Adresse, Betreff, Anrede und so weiter so, dass sie jeglicher Norm eines offiziellen Geschäftsbriefes widersprachen. Bei meinen Kontaktdaten ließ ich bei der Telefonnummer eine

Ziffer weg und gab in Anschreiben und Lebenslauf zwei verschiedene E-Mail-Adressen an, wovon eine vorher von mir wieder deaktiviert wurde. Meine Motivationen, warum ich mich ausgerechnet auf diese Stelle bewerben würde, beschrieb ich mit Ausschweifungen, die ungefähr so ehrlich waren wie mein emotionaler Wunsch nach Liebe und Frieden für die ganze Welt. Schließlich galt es, einen abgebrühten Personalchef von meiner intellektuellen Verhuschtheit zu überzeugen. Ans Ende setzte ich den poetischen Schlachtruf »Mit herzlichem Gruße aus dem wundervollen Pankow« – als fröhlichen Abschied und Hoffnungssignal eines altbackenen Wunderlichen, der nach Langzeitarbeitslosigkeit mal wieder zeigen will, was er kann. Dieses Ostberliner Allerlei verschickte ich per E-Mail nach Wilmersdorf, Hellersdorf und Französisch Buchholz. Eine erste Absage, in der es hieß, dass diese nicht aufgrund meiner Lebensleistungen und Fähigkeiten erfolgte, nahm ich nicht weiter persönlich. Andere Arbeitgeber reagierten erst gar nicht.

An einem goldenen Oktoberwochentag klingelte dann mein Taschentelefon, und eine weibliche Stimme erkundigte sich nach meinem weiteren Interesse; nicht so eine digitalisierte Bandansage, sondern die Stimme eines lebenden Wesens. Nun galt es, Verworrenheit an den Tag zu legen.

»Um wat gehts denn?«

Das Fräulein erkundigte sich nach einem Bewerbungsschreiben, das ich vor zwei Monaten eingesandt hatte. Ich konnte mich nur schwach erinnern und meinte im Moment des unangenehmen Augenblickes, dass es sich um die Firma in Französisch Buchholz handeln müsste, die in ihrer Ausschreibung mit regenerativer Energie und umweltschonenden Heizanlagen prahlte, im Endeffekt aber auch nur eine ganz normale Gas-Wasser-Scheiße-Klitsche war. Um repressiven Maßnahmen des Jobcenters vorzubeugen, stimmte ich einem mündlichen Erstgespräch in den Büroräumen der personell unterbesetzten Firma zu. Den Termin bestimmte ich, natürlich lieber nachmittags, um schon mal einen negativen Ersteindruck als mutmaßlicher Langschläfer zu hinterlassen. Nein, ich würde mir vorher keinen Flachmann auf ex reinhauen, aber der ausgewaschene schwarze Kapuzenpullover sollte es schon sein.

Am Tag des Events war ich pünktlich. In dem Punkt bin ich Ostler und kann nicht anders. Zuspätkommen, wohin und bei wem auch immer, ist mir mit der Muttermilch nicht verabreicht worden.

Unaufgeregt schlenderte ich von der Tramhaltestelle direkt ins Büro der regenerativen Macher. Da es für mich nicht um viel ging, war ich ganz locker. Mein Erscheinen löste keine Jubelstürme aus, immerhin wurde mir ein »Guten Tag« und ein Kaffee angeboten. Wer zu spät war, war mein Gesprächsgegenüber: der Chef des Unternehmens. Ich sollte mich setzen und konnte die Bürobelegschaft beim Arbeiten beobachten. Drei Bildschirme, drei Tastaturen, drei auffällige Gestalten. Mittig residierte eine Mittfünfzigerin, die mit routiniert-gelangweiltem Singsang Anrufe entgegennahm. Demnach hätte der Chef noch einen wichtigen Außentermin. Na klar! Die Frau, die mich angerufen hatte, entpuppte sich als rothaarige Mittzwanzigerin, die ihre Toffifee-Plauze unter einem Poncho versteckte. Ihr Kollege, ein junger Pummelmann, gab sich da weniger Mühe. Bei der Zubereitung meines Kaffees wirkte er stark verlangsamt, und seine Zeitlupenperformance endete mit einer Tasse voll lauwarmer, brauner Brühe. Ich nippte nur und guckte rum, saß breitbeinig auf meinem Stuhl und ignorierte die ausgelegten Prospekte, in denen es um Wärmepumpen, moderne Lüftungsanlagen und schweißfußfördernde Bodenheizungen ging.

Eine Stunde später, mir taten schon die Arschbacken weh, kam ihr Häuptling reingepoltert. Optisch erkannte ich ihn sofort, da ich mir vorher die Website des Unternehmens angeschaut hatte. Dort gab es ein Video zu sehen, in dem er in einem dieser RTL2-Knaller, *Wir bauen ein Haus, Unser schönes Zuhause, Häuslebauern suchen Frau,* ein paar frisch verliebte Naivlinge mit einer Wärmepumpe beglückte.

In des Häuptlings Büro folgte ein halbstündiger Vortrag, bei dem ich sogar Zwischenfragen stellen konnte. Das Unternehmen gebe es schon 15 Jahre, immer volle Auftragsbücher, nur einmal den Lohn verspätet ausgezahlt. Neoliberaler Kleinunternehmersingsang in der ehemaligen Mauerstadt. Ich leitete einen Themenschwenk ein: »Aber ick kann nur Teilzeit arbeiten.«

Das war nicht geschwindelt, denn unser Sohn sollte nicht als Wochentagskindergartenkandidat enden. Diese Ganztagskinderverwahranstalten gab es in der DDR, die Insassen einer solchen Einrichtung durften am Wochenende auch mal nach Hause, um ihren vom Dreischichtsystem gezeichneten Eltern beim Jammern zuzuhören. Nein, nein, nicht mit uns. Ich will meinen Sohn jeden Tag sehen, und er will morgens um acht in den betreuten Krawall entlassen werden, um dann nachmittags pünktlich wieder abgeholt zu werden.

Komischerweise fand der kleine König der Wärmepumpenszene meine Argumente in Ordnung und bot mir eine tägliche Sechsstundenschicht an, von dreiviertel neun bis halb vier. Überrascht, wie ich war, zauberte ich meinen letzten Trumpf aus dem Ärmel: »Wolln wa offen sprechen? Ick hab noch ne zweite Bewerbung laufen, und die wär schon meine erste Wahl.«

Das stimmte, denn in einer alternativen Kulturfabrik in Kreuzberg hatte ich mich auf einen Bürojob beworben. Wenig Stundenlohn, frustrierte Altlinke, aber keine Hierarchien.

Da wollte ich hin. Der König wirkte wirklich enttäuscht. Wir vereinbarten einen zweiten Gesprächstermin. Ich sollte mich melden.

Am Abendbrottisch berichtete ich von meinem für einen Hartz-IV-Empfänger ungewöhnlich abwechslungsreichen Tag. Meinen Sohn interessierte das nicht, er wollte statt der Salamistulle lieber einen Knickjoghurt. Nur Susen rechnete durch.

»Willste nicht erst mal da anfangen, nach einem Jahr haste immerhin Anspruch auf ALG I.«

Ich konterte: »Na, ob ick denn noch Zeit hab, dit Katzenklo sauber zu machen?«

Als Vater, Liebhaber und Patenonkel unserer Katze dachte ich nach. Mal wieder ein bisschen mehr Geld in der Tasche, das hatte ja schon irgendwie was. Sheba statt Kitekat, Berliner Pilsener statt Berliner Kindl, Knickjoghurt auf Vorrat: »Wat solls, ick probiers!«, verkündete ich nach vollbrachter Nacht in unserem Schlafzimmer.

Eine Woche später empfing mich der König erneut in seinem regenerativ beheizten Büro. Eine halbe Stunde später hatte ich einen Arbeitsvertrag in der Tasche. Ein letzter Gang ins Jobcenter, um mich standesgemäß abzumelden und einen letzten Gruß in den Wartebereich zu schmettern.

»Mich hats erwischt! Aber es geht schon.«

Meine Vermittlerin hatte keine Tränen in den Augen und winkte mir nicht hinterher.

Am ersten Arbeitstag fummelte ich so ein bisschen interessiert am Computer herum. »Label« heißt die Software, die in sämtlichen Handwerkerklitschen der BRD den Büroalltag zum Erlebnis machen soll. Vorbereitende Buchhaltung, Kundendienst- und Materialverwaltung, Rechnungsein- und -ausgang. Ich war überfordert und geringfügig interessiert.

»Dit wird schon«, tröstete mich die Chefsekretärin.

In den ersten Tagen hatte ich per Office Diagramme zu erstellen, die die Temperaturschwankungen eines Bürogebäudes dokumentieren sollten, das mit einer dieser Wärmepumpen beheizt wurde. Geringe Temperaturschwankungen ließen die dortigen Angestellten in ein großes Jammern ausbrechen, was wiederum zu Beschwerden und kostenlosen Wartungsaufträgen seitens der Auftraggeber führte. Die Temperaturdaten konnten online eingelesen werden. Der Pumpenkönig war genervt.

»Hier, sehnse!? Um acht Uhr jeht die Temperatur um ein halbes Grad hoch. Na klar, da werfen die Büroschlampen die Kaffeemaschine an und fahrn die Computer hoch. Da wundern die sich? Wat wolln die denn?«

Überwachungstechnisch war das interessant. Dass anhand von Wärmemessungen ganze Arbeitskollektive auf ihr Tun überprüft werden konnten, wusste ich bisher noch nicht. Ich kämpfte mich durch die Microsoft-Office-Diagramme und bekam es irgendwie nicht hin, bei den Skalierungen eine dezimale Fünferbezifferung hervorzuzaubern.

»Scheiß Windows! Zu Hause mit Linux klappt dit besser«, war nach einer Woche mein erstes politisches Statement auf der neuen Arbeitsstelle. Dass ich ein bekennender Open-Office-Fritze und Freund freier Software war, interessierte niemanden der Anwesenden.

In den Mittagspausen saßen wir zu viert um einen runden Tisch verteilt und schwiegen uns an. Denn so unterschiedlich, wie wir waren, hatten wir uns entsprechend wenig zu sagen. Meistens guckte sich die Chefsekretärin die Werbesendungen aus dem Briefkasten an, Pummelmann spielte auf seinem Smartphone und kaute nebenbei auf einer Bockwurst mit Ketchup von der Tanke nebenan, und ich guckte der Ampel draußen an der Hauptkreuzung bei ihrem grün-roten Geblinker zu. Nur der König unterhielt uns mit Anekdoten aus seinem Privatleben.

»Mein Weib hat jestan noch den Grill anjeschmissn. Fand ick ja jut!«

Seine Frau war ein Weib und hatte nach ihrer Schicht in der Altenpflege noch den Haushalt im überdimensionierten Einfamilienhaus zu schmeißen. Um die Reinigung der Wintergartenglasfassade und das Mähen des Rasens kümmerte sich der König selber. Polnische Fensterputzer und chinesische Mähroboter galt es zu organisieren und zu programmieren.

»Kannste natürlich nich ausm Haus jehn, wenn die Polen putzen, wa! Aber machen se jut!«, stellte er trocken am Mittagspausentisch fest und biss in sein Vortagsgrillgut.

An einem Montag hatte er Schmerzen und ließ uns daran teilhaben. Der Sonntagsspaziergang war ihm nicht bekommen:

»Einmal um den See jelatscht, und ick hab Muskelkater oda wat!? So kann dis nich weitajehn ...«

Ja, er war eine unförmige Erscheinung mit siebzehneinhalb Barthaaren im Gesicht. Mir war es egal, denn »schön ist, was Puls macht«, wie einer meiner sozialen Kontakte mal meinte. Aber wenn er selbst die dreihundert Meter vom Büro zur Sparkasse mit seinem, in Berlin-Friedrichshain potenziell abgefackelten, Dicke-Eier-Lancia zurücklegte, musste er sich nicht wundern. Anstatt aber öfter mal spazieren zu gehen, schleppte drei Tage später ein DHL-Bote ein gut verpacktes Heimrudertrainingsgerät in das Büro. Wir guckten nur fragend, der König verkündete: »Ick muss wat tun. Und das Teil nutzen sogar Profisportler. Richtich geil!«

Jawohl, sein Teil hatte einen Bordcomputer mit allen möglichen Funktionen.

»Zeigt der auch die virtuellen Enten an, von denen Sie überholt werden?«, erkundigte ich mich, als immer bereiter Open-Source-Sympathisant.

Die Belegschaft kämpfte mit ihrer Mimik wie einst die römischen Legionäre bei der »Schwanzus-Longus«-Szene im Film *Das Leben des Brian*.

Bauernrevolte

Viele Touristen und andere Berlin-Besucher verwechseln schon mal die Kurfürstenstraße mit dem Kurfürstendamm und sind verblüfft, wenn ihnen dort auffällig bekleidete Frauen die Frage stellen: »Scheene Mann! Haste Lust?« Sie wundern sich dann, weil sie eigentlich damit gerechnet haben, dass ihnen Promifriseur Udo Walz oder ein anderer tatteriger Casanova vom Café Kranzler aus entgegenwinkt. Wer Damm und Straße nicht auseinanderhalten kann, landet dann eben im Westberlin der bezahlten Liebe und des schlitzohrigen Milieus statt auf dem Boulevard der Sportwagen und Pelzmäntel.

Mein Reiseziel ist bewusst gewählt, und schon beim Verlassen des U-Bahnhofs werde ich angequatscht. »Keene Lust, keen Jeld!«, erläutere ich kurz und knapp der Dame mit knappem Oberteil und Regenschirm. Das Wetter passt zu meiner Stimmung und zur Gegend. Auch zum Termin beim Arbeitsgericht Berlin/Brandenburg werde ich pünktlich erscheinen. Trotzdem nehme ich eine Abkürzung über den, zu Möbel Hübner gehörenden, großen Parkplatz. Sperrmüll und Spritzen, leere Schnapsflaschen und gebrauchte Kondome sind zwischen den drei oder vier parkenden Autos großzügig verteilt. Hinter den Schaufenstern des Möbelgeschäftes hampelt ein dickbäuchiger Schlipsträger mit Klemmbrett zwischen den Sofas und Schrankwänden umher. Seine Goldrandbrille passt zum Schnurrbart, und obwohl er nicht übermäßig beschäftigt wirkt, schimmern zwei Schweißflecken unter seinen Achseln.

Vor dem Haupteingang des Arbeitsgerichtes stehen mehrere Leute und ziehen an ihren Kippen. Anwälte, Klagende und Verklagte, Beamte, Beschäftigte und Verhuschte, sie alle eint die Lust am Nikotin. Obwohl selber abhängig, betrete ich die Hallen der vermeintlichen Gerechtigkeit ohne Zwischenstopp. Ein aufgeschlossener Justizpförtner hilft mir weiter.

»Raum 500? Mitn Fahrstuhl ins fünfte OG und dann am besten uff de Hinweisschilder achten.«

»Klingt jut. Danke!«

Im Fahrstuhl keine betörende Hintergrundmusik, dafür das Gequatsche zweier Sekretärinnen. Ich höre nicht hin, geht es wahrscheinlich doch nur um das gestrige TV-Programm, die verkalkte Kaffeemaschine oder die blöde Kuh aus Abteilung soundso. Arbeitnehmergeträller im öffentlichen Dienst, so grau wie grausam.

In der fünften Etage komme ich klar, auf meinen Orientierungssinn konnte ich mich schon immer verlassen. Die Ausschilderungen sind solide, ich bin zehn Minuten vor Ultimo am Ort des Geschehens. Noch Zeit für einen Besuch der öffentlichen Toilette, also da, wo auch der Besucherverkehr die Keramik besprenkeln darf. An den Wänden gibt es weder interessante Aufkleber noch bunte Graffiti zu bewundern.

In diversen Szenekneipen und anderen Einrichtungen des subkulturellen Krawalls verweilte ich schon oft länger als nötig und bestaunte die, manchmal lustigen, manchmal dämlichen Sprüche an der Wand, meist direkt über den Pissbecken. In den nicht ganz so verbohrten Kaschemmen des radikalen

Frohsinns geht es oft um Anarchosyndikalismus, Fußballultras und Sexistenfotzen, denen die Fresse poliert gehört.

Nur hier in der Gerichtskloake sind die Wände grau, bis auf einen einsamen Spruch, der irgendwann hastig mit einem Bleistift angekritzelt wurde.

»Bomben auf die Krüger-Bau GmbH! Schweine!!«

Nach meinem erleichternden Pflichtbesuch begebe ich mich direkt zum Ort des Geschehens mit der Nummerierung 500. Im Wartebereich sitzt eine etwa Fünfzigjährige in korrektem Outfit und mit Aktentasche. Da ist sie also, denke ich mir so, die Insolvenzverwalterin des kleinen Königs.

Mein ehemaliger Arbeitgeber hat vor gut vier Monaten seine Klitsche in die Insolvenz geführt. Bewusst und zielgerichtet, denn die verlorenen Prozesse gegen eine Vielzahl seiner Kunden häuften sich und somit auch die Summe der zu zahlenden Entschädigungen. Bereits im Frühjahr begann der selbst ernannte König der Wärmepumpenszene damit, klammheimlich eine neue GmbH zu gründen und nach und nach sämtliche potenzielle Konkursmasse auf die neue Klitsche zu überschreiben. Anschließend rannte er mit gespielter Reue zum Amtsgericht und meldete auf den alten Laden Insolvenz an. Sämtliche Kläger, Altkunden und andere Forderungssteller waren ab diesem Moment angeschissen. In der Mittagspause lobte er sich für seinen vermeintlichen Geniestreich selbst. Anschließend bat er mich zum Gespräch und teilte mir mit, dass er nicht vorhabe, mich in sein neues Unternehmen zu übernehmen. Innerlich dachte ich: »Prima! Endlich raus hier.« Andererseits stank seine ganze Aktion zum Himmel, und ich wollte ihm wenigstens noch ein paar Stöckchen ins Getriebe werfen. Pünktlich zum Fristende hatte ich es irgendwie geschafft, gegen meine Kündigung zu klagen.

Vor dem Verhandlungsraum erkundigt sich die Insolvenztante danach, ob ich der sei, der ich bin und den sie vermutet. In dem Moment kommt die, für die Verhandlung zuständige, Gerichtsdienerin und bittet uns hinein. Der Insolvenzverwalterin helfe ich auf die Sprünge: »Lassense uns allet da drinne besprechen!«

Der Raum wirkt eher wie ein Klassenzimmer in einer Berufsschule für unmotivierte Bildungsverweigerer. Zwei Tische, schräg-frontal zum Henkersplatz stehend und lieblos beschildert: »Kläger«, »Beklagter«. Klare Ansage ohne Gendersingsang.

Die Richterin schwebt hinein, eigentlich kann es losgehen. Die Tür bleibt gleich offen, die solide Grauhaarige mit schwarzer Robe will es sich nicht gemütlich machen. Anwesenheitskontrolle, Sachverhaltsschilderung, pipapo. Zäh und trocken, verwirrend und ermüdend. Die Insolvenztante schildert, dass die GmbH des Königs mit mehr als einer Million in der Kreide steht und zahlungsunfähig ist.

»Is mir nich neu«, versuche ich, ihr zu helfen. Die Richterin guckt mich ermahnend an. Das Lullelulle geht weiter, die arbeitsrechtlichen Nasen beider Parteien hauen sich juristische Fachbegriffe um die Ohren. Ich ahne schon, dass meine geplante Bauernrevolte nicht zum Sturz des kleinen Königs mit all seinen manischen Machenschaften führen wird. Die Richterin fragt mich irgendetwas oder macht mir ein Angebot.

»Ja, is jut.«

Ich strecke die Waffen, habe aber zumindest erreicht, dass die Kündigung aufgrund diverser Verstöße als ungültig anerkannt wird. Eine neue, korrekte soll erfolgen. Dann reiche es zumindest für ALG I, so der gutmütige Mamispruch der Richterin.

Nach Verhandlungsende schleiche ich durch den Flur. Als revolutionärer Bauer nehme ich die Treppe. In meinen wilden

Fantasien gehe ich diverse Rachepläne durch. Der König soll fallen, soll weinen, soll mit der Fresse im Bodensatz der Gesellschaft landen.

Wenn ich wenigstens etwas Geld hätte, denn bald ist Weihnachten. Dann könnte ich eine der auffällig bekleideten Damen auf der Kurfürstenstraße anheuern und sie am 24.12., abends, in den Tulpenweg nach Bernau schicken. Da der fette König eh zu faul wäre, die Tür seines Einfamilienhauses zu öffnen, würde wahrscheinlich seine Olle zur Tür scharwenzeln.

»Scheene Frau, gute Tag! Ich soll kommen zu Lutz!«

Ach ja ...

Ding-dong!

Ostler jawoll, Ossis aufs Maul

»Hier bin ick uffjewachsn, hier will ick nich sterben!«

Meine philosophische Parole jodele ich nur halblaut durch die Nacht, um meine Begleiter nicht zu verschrecken. Nein, ich bin kein Rio Reiser, und die Bahnhofsstraße in Rathenow ist so dunkel, wie die Stadt finster ist. Sören, ein antifaschistischer Fotograf aus Berlin, und sein Objektivpage Henning schleichen mit mir durch die kleine Stadt. Wir sind nüchtern, wie es sich gehört, und sind, dem Anlass entsprechend, auch aufmerksam.

Seit Wochen kommt es in mehreren Städten, vor allem im Osten der BRD, zu Aufmärschen von Wutbürgern und anderen deutschen Dusseln. Der arische Alfred erwacht mal wieder, heißt es zurzeit in irgendwelchen Artikeln. Vor allem in den sogenannten neuen Bundesländern ist das Aufgeheule groß. Sie wollen es ja noch sagen dürfen. Sagen dürfen, ohne gleich als Nazischwein oder Rassistenarsch abgestempelt zu werden. Denn nur weil in Syrien die Luft brennt, müssen die ganzen Flüchtlinge nicht unbedingt dorthin kommen, wo bis auf die, die da sowieso hängen geblieben sind, eh kein Schwein mehr wohnen will. In Sachsen, Brandenburg oder

Meck Pomm proben sie den Aufstand. Es geht gegen Ausländer und nicht gegen soziale Schweinereien. Während sich bei der Einführung von Hartz IV höchstens auf die andere Seite gewälzt wurde, um die Fernbedienung für den Fernseher aus der verkrusteten Poperze zu kratzen und von RTL2 auf Tele5 umzuschalten, kriegen sie jetzt den Arsch hoch: Fahnen wedeln gegen »Scheinasylanten«. Deutsche, altdeutsche, offiziell verbotene und andere schräge Winkelemente.

Auch hier im toten Winkel des Havellandes, der verblühten Kreisstadt jenseits von Post-Punkrock und buntem Leben, wird seit ein paar Wochen der öffentliche Aufstand geprobt. Noch nicht in frisch gebügelten Ku-Klux-Klan-Kostümen, aber immerhin schon mit Fackeln. Beim letzten fröhlichen Aufmarsch der schlichten Frustrierten wurde ein Kollege von Sören angegriffen. Als Vertreter der Lügenpresse wurde er von alkoholisierten Wutbürgern erst in die Büsche gezogen, um ihm anschließend sein Blitzlicht zu zerkloppen. Die betreuenden Brandenburger Einsatzbullen sprachen am nächsten Tag in den Medien von einem ruhigen Demonstrationsverlauf ohne besondere Vorkommnisse.

Wir schlendern durch die Stadt und verfallen mit jedem Meter, den wir uns dem Aufstand der selbst ernannten Patrioten nähern, in zunehmendes Schleichen à la Winnetou.

»Mein Bruder. Kiek, ne Deutschlandfahne!«

»Mein Bruder. Kiek, ne Reichskriegsflagge!«

Wir geben uns betont unauffällig, um auf den Platz der Kundgebung zu gelangen. Dabei ist es nicht einfach, das mit dem Unauffälligsein. Vor uns, neben uns, hinter uns. Deutschland, Deutschland über alles. Aber Brandenburger Bullen wären nicht Brandenburger Bullen, wenn sie nicht alles einfach durchwinken würden. Unkontrolliert erreichen wir den Ort des nationalen Geschehens. Überall beflaggte Birnen, die meisten sind Klatschaffenpublikum mit Bierpulle in der Hand.

Sören gibt das Kommando.

»Los, wir suchen erst mal Hardy. Der muss ja irgendwo sein.«

Mein Alternativvorschlag wird hingegen abgelehnt.

»Wolln wa uns n paar Bier holn? Da drübn is n REWE.«

Den Fotografenkollegen treffen wir auf der anderen Seite des Platzes. Routiniert laden die beiden Vollprofis ihre Knipskanonen durch und schießen die ersten Demoeindrücke. Das Volk ignoriert uns noch. Ungestört gucke ich mir den Zombieaufmarsch an. Auf beschrifteten Papptafeln, die schräg und schief an Besenstiele genagelt sind, geht's gegen Merkel, koscheres Essen und die Lügenpresse. Heute gehöre ich wohl zu Letzterer, denn Sören und Hardy stehen neben mir und knipsen ihre Bilder.

Ein etwa Mittdreißiger mit der Pickelfresse eines 14-Jährigen entert das Rednerpult auf einem Anhänger, der von einer riesigen Deutschlandfahne umwickelt ist. Er ist aufgeregt, kratzt sich aber nicht am Sack und spricht zum Volk:

»Patrioten! Danke, dass ihr wieda so zahlreich jekommn seid. Wir sind das Volk!«

Der anwesende Mob johlt verhalten und wedelt seine Deutschlandfahnen.

»Heute wird ooch Kurt zu uns sprechen. Er is von Pejida und schon weit rumjekommen.«

Erwartungsgemäß ertönen jetzt viele, sich wiederholende »Kurt«-Rufe. Ein Patriot ruft arhythmisch: »Kuuurt!«

Kurt ist laut eigener Auskunft Niedersachse und freut sich, als Wessi hier in dem schönen, kleinen Havelstädtchen sprechen zu dürfen. Viele Patrioten rufen: »Wir sind das Volk! Wir sind das Volk!«

Und Kurt quatscht los, zum Anfang das, was alle hören wollen, später baut er schrägere Gedankengänge in seine Rede ein.

»Und ich sage euch, Patrioten«, verkündet er mit verrauchter Stimme, »ihr seid 25 Jahre standhaft geblieben. Habt nich alles geglaubt. Und Karl Eduard von Schnitzler hatte recht, jawoll. Damals schon, als er von der Pest sprach. Von der Pest namens USA!«

Der Mob ist verwirrt, denn gegen die Amis zu sein, ist in Ordnung, aber um jetzt dem roten Propagandisten aus dem DDR-Fernsehen noch posthum Applaus zu spenden, dafür sind viele von ihnen damals, '89, nicht auf die Straße gegangen. Verwirrtes Gemurre setzt ein, nur ein paar besoffene Nachwuchsnazis jubeln. Aufgrund ihres Bierkonsums würden sie aber wohl auch noch ausflippen, wenn Kurt die Geschichte vom Wolf und den drei kleinen Schweinchen blöken würde. Auf dem Platz wird eine McDonald's-Verpackung breitgetreten.

Der schräge Kurt kommt zum Ende und macht Platz für eine blonde Großschnauze aus Berlin. Als besorgte Mutter stehe sie hier und müsse mit ansehen, wie das Schulessen immer mehr islamisiert werden würde. Deshalb fordere sie, in einen Generalstreik zu treten und bitte alle Anwesenden, ab morgen die Arbeit niederzulegen, weil man sich nicht mehr alles gefallen lassen könne. Ein Angetrunkener, der gerade vom Pissen aus den Büschen getorkelt kommt, trompetet ins weite Rund: »Watn für Arbeit?«

Kurz bevor der abendliche Aufmarsch losgehen soll, warnt die Pickelfresse vor der anwesenden linken Lügenpresse. Viele Fratzen glotzen uns an. Wir werden mit Taschenlampen beleuchtet, erste Stinkefinger, erste Morddrohungen.

Ich rufe: »Schnitzler, Schnitzler, Schnitzler!«, werde aber von einem Bullen zur Räson gerufen. Der Zug der verblödeten

Ossis und ihr Westimport Kurt setzen sich in Bewegung. Die beiden Fotoknipser sprinten an die Spitze, Henning und ich hinterher. Ein Trupp Bullen umringt uns. »Alle, die keinen Presseausweis haben, bleiben hier stehen!«, heißt es vom Einsatzleiter, dessen Gesicht vom Suff aufgedunsen ist. Henning, ein weiterer Pressefreiheitsschützer von vor Ort und ich stehen am Rand, während der Demonstrationsaufzug an uns vorbeiläuft. Lediglich drei Bullen trennen uns. Mit Taschenlampen leuchten sie uns schön aus, damit die Patrioten nicht ihre eigenen benutzen müssen. Diverse Birnen mit Naziklamotten fotografieren uns. Anschließend werden wir in die andere Richtung geschickt.

Später treffen wir unsere zwei Kameramänner wieder, in angeregter Diskussion mit der Pressetante der Polizei.

»... Quarzhandschuhe, Tücher? Passive Bewaffnung und Vermummung, und Sie haben nischt anderet zu tun, als uns dis Fotografieren zu verbieten?«

»Aber Sie müssen doch verstehen, dass die beteiligten Demonstranten teils sehr aggressiv sind.«

So geht der Schlagabtausch weiter, bis der Demonstrationszug wieder an uns vorbeizieht.

»Lüjenpresse, Lüjenpresse!«, sabbert es uns entgegen. »Schnitz...«, hebe ich zur Antwort an.

Ein Kommunikationsbulle quatscht dazwischen: »Das mit dem Schnitzler, das lassen Sie mal lieber.«

Berndte – Punkrock und Müßiggang

»Morjen, ihr Freaks!«

»Jute Nacht, du Vogel!«

Im Pausenraum auf dem alten Bahngelände treffen sich Berndte und seine schrägen Kollegen zur Nachtschicht. Die Schottertruppe wird auch heute wieder zu später Stunde im Gleisbett der Berliner S-Bahn rumbasteln. Nach seinem Umzug nach Berlin vor vier Jahren hatte sich Berndte als Gleisbauer beworben und wurde glatt eingestellt. Dreischichtsystem, selten tagsüber, immer draußen. Mit den anderen Schotterschippern war er nach dem ersten Alkoholexzess am 24-Stunden-Imbiss auf Dicke. Prolls mit Toleranz für seine Vorliebe zur krawalligen Subkultur. Obwohl Kollege Frank als Ostberliner Hooligan laut eigener Aussage auch schon mal einen von Berndtes Punkerkollegen auf dem S-Bahnhof Landsberger umgehauen hat, verstehen er und Berndte sich gut. Dieter, der Möchtegernmeister, der eigentlich nur Kolonnenführer ist, lässt die Jungs nicht am Gängelband zuckeln und hat die Schinderei weder verinnerlicht noch lässt er sie nach außen raushängen. Wenn der nächtliche Auftrag zu irgendeiner Ausbesserungsarbeit ansteht, guckt Dieter zwar, dass der Ort des

Geschehens besser aussieht als vorher, lässt seine Leute aber auch nicht jede Schwellenschraube auf Hochglanz polieren. Trötenmaik ist der Vierte der bunten Truppe, zwar nicht der Hellste, aber immerhin mit achte Klasse Ostabschluss. Mit seinem Signalhorn vor herannahenden S-Bahnen zu warnen, hat er bislang immer hingekriegt. Auch wenn Allgemeinbildung nicht so sein Ding ist, ist sich Trötenmaik seiner Verantwortung für Leib und Seele von Berndte, Frank und Dieter bewusst. Schrill schallt seine Gasfanfare durch die Nacht.

»S8-Angriff Richtung Blankenfelde von hinten, ihr Hirsche!«

»Alles klar, Maik. Zeit für ne Zijarettnpause.«

Dieter lässt die Schachtel gönnerisch kreisen. Frank zieht eine Fresse:

»Deine steuerfreien Changli-Kippen kannste alleene quarzen. Oder meinste, ick rauch Rattenkacke?!«

»Laber doch keen Scheiß, du Plattenbaubirne. Berndte, du? Wat is?«

Berndte verdrängt den Gedanken an die Rezeptur steuerfreier Kippen aus dem osteuropäischen Nachbarland, schiebt seinen Tabakbeutel zurück in die Arschtasche der Arbeitshose und greift zu.

»Schmeckt aber schon irjendwie räudich.«

»Hab dir nich so.«

Dieter wendet sich beleidigt ab. Frank setzt sich neben Berndte auf das Nebengleis.

»Hoch die Hände, Wochenende«, eröffnet Frank das Gespräch.

»Was machste?«

»Morgen Konzert auf jedn Fall. Inne *Köpi*, wird jut.«

»Ick fahr auswärts. Kannst ja mal mitkomm.«

Berndte muss schmunzeln.

»Alter, bei euern Hirschen schaff icks nich mal aufn Bahnsteig.«

»Quatsch, Berndte. BFCler jibts solche und solche. Bei uns kaspern ooch so Oi-Leute mit rum.«

»Nee! Lass ma. Außerdem kommt meine Ex zu Besuch.«

Frank grinst höhnisch, haut sich mit der flachen Hand auf seine zur Faust geballte andere Hand.

Dieter poltert im Hintergrund rum.

»Los, ihr Pfeifen! Weiter jehts.«

Nach ein paar Stunden weiterem Geackere will Berndte nur noch nach Hause. Kein Bier am Imbiss, kein blödes Gequatsche zum Feierabend. Nüchtern in das Wochenende. Lukas und Kati wollen ihn besuchen kommen, seine Bude angucken und sich ins Konzertleben stürzen. Um halb sieben holt er sie vom Ostbahnhof ab, noch Zeit für Mucke und Katzenwäsche. Seit seinem Umzug hat Berndte seine Exfreundin erst einmal wieder getroffen, bei einem Konzert in Potsdam. Es war ein bisschen anstrengend, die Kommunikation fiel beiden schwer. Noch bevor er damals das Heimatkaff des Grauens verließ, hatte er sich von ihr getrennt. Dramatischer Tränenschmu, holprige Achterbahnfahrt der Gefühle. Flüstern und Schreien.

Berndte hat in der Straßenbahn einen Sitzplatz ergattern können, polkt von seinen schwieligen Händen die Hornhaut ab und lässt die Bilder der Erinnerung an sich vorbeirattern.

Nach der Lehre wurde Berndte vom Betrieb nicht übernommen. Zwei Wochen Hof fegen, dann erfolgte das Kündigungsgespräch. »Tut uns leid«, hieß es, trotz Sozialauswahl und eiapopeia.

»Sie sind noch jung. Viel Glück!«

Berndte schnappte sich den Wisch, hechtete aus dem grauen Bürogebäude und jubelte laut los. Nach drei harten Lehrjahren konnte ihm nichts Besseres passieren. Endlich frei, kein frühes Aufstehen mehr, Urlaub auf Staatskohle. Das Arbeitslosengeld war schnell beantragt, weil ihm eine höfliche Sachbearbeiterin die gespielte Antragsausfüllungsverblödung abkaufte und den Wisch nach einigen Rückfragen selbst ausfüllte.

»In Ihrer Berufssparte wird das im Winter sowieso nichts. Wir sehen uns dann im April zum Vermittlungsgespräch.«

»Jut! Tschüss!«

»Ein Moment. Nehm Se sich ruhich mal die Broschüre hier mit.«

»Jut! Tschüss!«

Der gefaltete Quatsch über *»Integrationsmaßnahmen von Jugendlichen unter 25 in das Berufsleben«* flog in den nächsten Papierkorb. Vor dem Amt stand Oimel stramm.

»Ick beglückwünsche Sie und heiße Sie willkommen in der Welt des Müßiggangs und des Punkrocks.«

»Danke Ihnen. Durst?«

Am Imbiss tranken sie ein Vormittagsbier auf die neue Freiheit. Das Arbeitslosengeld reichte immerhin für die gewöhnlichen Wochenendvergnügungen.

Seine Eltern waren nicht glücklich, dass Berndte sich so gehen ließ. Da auch seine Mutter inzwischen als Arbeit suchend beim Amt registriert war, hielt Berndte sich meistens in seinem ehemaligen Zimmer auf, wenn er mal bei ihnen war. Wenn ihn in der Woche der Ostkoller packte, zog er ziellos durch die Gegend. Die Stadt kam ihm immer grauer und einengender vor. Zerschossene Fressen zwischen dreißig und sechzig mit viel Tagesfreizeit prägten das Straßenbild. Berndte konnte es kaum noch ertragen. Er wich in die Wälder aus, saß oft einsam am See, hatte aber kein Auge für die Schönheit der Natur. Mit Anfang zwanzig als Schwäne zählender Sonderling mit ausgeprägten Kenntnissen über die heimischen Speisepilze zu verenden, davor grauste es ihm. Oft nahm ihn am Abend sein noch werktätiger Vater ins Verhör.

»Junge, wie jehts weiter? Willste nich erst mal zum Bund?«

Das Vaterland hatte Berndte links liegen lassen, seine Wehrtauglichkeit zu prüfen, war in den Wendejahren irgendwie vergessen worden. Einige seiner Kumpels hatte es erwischt, viele konnten sich aber, dank eines radikalen Briefes an das Kreiswehrersatzamt, in den Zivildienst retten. Keiner musste zum Gespräch antreten, bei dem die Frage nach dem »Vergewaltigte Freundin und wenn Sie dann eine Waffe hätten«-Scheiß gestellt wurde. Ein oft und gern erzähltes Bauernmärchen. Innerlich hatte sich Berndte darauf vorbereitet und die Antwort oft geübt: »Meine Freundin heißt nicht Deutschland!«

Lukas machte seit etwa drei Monaten Zivildienst. Da er einen Führerschein hatte, durfte er Behinderte mit einem Kleinbus zwischen ihren Heimen und Sonderschulen hin und her fahren. In den Pausen fuhr er mit dem Transporter zum See und zog einen Joint durch. Wenn er am Nachmittag einige Rentner von der Tagespflegeeinrichtung nach Hause fuhr, meckerte er mit ihnen gemeinsam über die um sich greifende Sitte, dass sich immer mehr Ex-DDRler angetrunken ans Steuer setzen und die ehemaligen Volkspolizisten in ihren neuen, steifen Westuniformen nur noch in ihrer altersschwachen Bullenwache sitzen und sich nicht mehr raustrauen würden.

»Wird schon«, war dann oft Lukas' Kommentar, wenn ihn der eine oder andere Senior beim Aussteigen fragte, wo das wohl noch alles enden würde. Wenn sich Oimel, Berndte, Lukas und die anderen abends trafen, gab Lukas oft ein paar Zoten aus seiner kunterbunten Zivildienstwelt zum Besten.

»Der eene, den ick immer abholn muss und dann zur Fördereinrichtung fahre, der schreit immer, wenn wir irgendwo stehn beiben. Oh Mann, ick sag euch, dit is schräg. Ihr wisst ja, die Schranke inne Berliner, wenn die eenmal unten is ... Der kräht so laut, da kannste alle Fenster hoch haben. Wie die Leute dann immer kieken. Ick winke dann immer bloß und lächle artich ... Rolln wa dann wieder, is allet jut.«

Im Kreis der Kumpels wurde oft gelacht über die Storys von der Ostfront des unbewaffneten Vaterlanddienstes, denn auch Behinderte hätten das Recht, dass Witze über sie gemacht wurden. Berndte und Co waren schließlich auch nur Protagonisten einer internationalen Randgruppe von regionaler Bedeutung. Einige Gangmitglieder tauchten nach Zivil- oder Waffendienst in die Legalität ab, widmeten sich ihren erlernten Jobs oder machten Karriere ohne Ausbildung.

Bei einem Straßenfest in Potsdam lernte Berndte eine lustige Truppe aus Berlin kennen. Keine richtigen Punks, zumindest nach den Szenemaßstäben des Umlandes eher dezente Politzecken. Einige hatten bunte Haare ohne Iro oder andere Fellgeometrie. Schwarze Kapuzenpullover, Turnschuhe, Basecap, Jeans. Die zehn Leute aus Friedrichshain und Prenzlauer Berg umschwirrte lediglich ein einziger Hund. Auch das war auffällig, genau wie das ausgeglichene Geschlechterverhältnis. Während nach der ersten Band bereits die ersten Nietenkutten im Vollrausch vor der Bühne schliefen, saß die Truppe aus Berlin lässig auf der Bordsteinkante; einige mit Bier, andere mit Saft. Berndte, der sich in Erwartung einer angesagten Szeneband mit vielen Punks vor den Boxentürmen aufhielt, glotzte immer wieder rüber. Oimel bekam Berndtes Interesse mit und klärte ihn nach kurzer Analyse auf.

»Die kannste vajessen. Bevor die Pogo tanzen, jeht hier die Sonne uff.«

»Sind halt entspannta druff. Is doch in Ordnung.«

Auf der Bühne ging das Geschepper los, und fünfzig Leute flogen frei. Beste Stimmung bereits vor Sonnenuntergang. Jeder Refrain wurde mitgegrölt, die Schunkelei unter Einsatz vieler Ellenbogen wurde wilder. Während des rauschenden Tanzes warf irgendein Suppenkasper eine volle Bierbüchse in die bewegungsfreudige Menge. Volltreffer auf Berndtes Kopf. Kurze Dunkelheit, Linksschwenk in ruhigere Gefilde. Das Oettinger aus der Dose wurde platt getanzt. Berndte setzte sich an den Straßenrand. Eine Frau mit schwarzem Kapuzenpullover sprach ihn an: »Trink mal lieber erst mal n Schluck Saft.«

Berndte guckte zu ihr hoch.

»Schenkste mir dein St.-Pauli-Aufnäha?«

Sie musste lachen.

»Nee! Der hält meinen Rucksack zusammen.«

Whisky, die eigentlich, wie Berndte später erfuhr, Victoria Fröhlich hieß, machte sich nichts aus ihrem bürgerlichen Namen. Ihre Berliner Combo, die immer noch lässig am Rande des Straßenfestes abhing, machte sich nichts aus dem bürgerlichen Leben. Auch das erfuhr Berndte später im Laufe des Abends. Er fand es spannend, einfach nur bei ihnen zu sitzen, zu quatschen, zu lauschen, Fragen zu stellen, Antworten zu bekommen. Vom alltäglichen Leben in besetzten Häusern war die Rede, dem Druck der Bullen auf die linke Szene, die mit der Räumung der Mainzer Straße jeden Tag ein bisschen zunahm, von Demos, Partys, Alltagsstress.

Berndte erzählte vom Leben in der Kleinstadt. Als er vom immensen Stress mit den Faschos berichtete, gingen die Kinnladen runter. Das kannten sie aus der Bulettenhochburg so nicht, auch wenn einige von ihnen ab und zu schon mal Alarmfahrten in das Umland mitgemacht hatten, sobald befreundete Strukturen per Telefon um Unterstützung baten. Da staunte wiederum Berndte: »Wie? Wenns Ärger mit den Nasen gibt, ruft man an, und dann kommen Leute und haun die Nazis weg?«

Whisky musste schmunzeln: »Na, jeder kann da nich anrufen. Könnten ja Bullen sein. Ich geb dir mal die Nummer vom Antifa-Infotelefon.«

Später saßen die beiden etwas abseits und plauderten bis Sonnenuntergang. Berndte berichtete von seinem Frust am gegenwärtigen Leben. Auch Whisky hatte es mit ihrem Studium nicht leicht, erzählte von null Bock und dass andere Sachen wichtiger wären.

Die Zeit verging, irgendwann kam Oimel zu Berndte und blies zum Aufbruch. Berndte wäre gern noch geblieben, aber auch Whiskys Truppe wollte los zum S-Bahnhof. Zum Abschied umarmte sie ihn und flüsterte: »Wenn dich das alles so nervt, zieh doch nach Berlin. Neben unserer WG steht ne kleine Wohnung leer. Willste die mal angucken?«

Berndte haute das um, und er dachte, wie sich mit so wenigen Worten auf einen Schlag so viele Perspektiven auftun konnten.

»In zwei Wochen is bei uns ne Party. Komm doch. Hier, meine Nummer.«

Auf der Rückfahrt sagte Berndte nicht viel, dachte über die Begegnung mit Whisky nach.

»Berndte! Noch n Bier?«, trällerte Lukas vom Rücksitz. Er hörte ihn gar nicht.

Bei Berndte dauerte es ein paar Tage, bis er sich traute, Whisky anzurufen. Sie freute sich, fragte, ob er zu ihrer Party kommen würde. Er fuhr, brauchte ein bisschen, um die Adresse zu finden. Die anderen Leute in Whiskys WG fand er nett, sie zeigte ihm die Nachbarwohnung. Ein Zimmer, Kohleofen, kleine Dusche in der Küche.

»Die Bude ist korrekt. Bloß von wat soll ick die bezahln?«

»Mach dir nicht so nen Kopp. Heute is erst mal Party.«

Die Feierei in der Wohngemeinschaft machte Berndte Spaß,

auch wenn die Leute anders unterwegs waren, als er es kannte. Kein Schnaps, weniger Bier, eher Joints und Gespräche. Die Mucke wurde irgendwann elektronisch, Drum'n'Bass schien hier derzeit ein größeres Ding zu sein.

Spät in der Nacht saß Berndte allein mit Whisky auf dem Balkon. Sie teilten sich eine Flasche Rotwein, der ihm nicht schmeckte.

»Jibts noch Bier?«

»Geh doch gucken! Bin ich die Auskunft?«

Als er aufstehen wollte, zog sie ihn wieder runter, drückte ihre Lippen auf seine, Zungenflorett zu Mitternacht. Sie fanden sich in Whiskys Zimmer wieder, erst auf dem selbst geknüpften Hippieteppich, später auf der Matratze. Whisky liebte selbstbewusst, Berndte versuchte sein Bestes. Am nächsten Morgen war sie früh wach, brachte ihm Kaffee ans Bett. Eingekuschelt verplemperten sie den Vormittag. Ihr Kopf lag auf seiner Schulter.

»Weeßte wat? Ick zieh her!«

Whisky hob den Kopf, lächelte ihn an.

»Schön! Wir können nen Untermietvertrag machen, die Wohnung gehört offiziell zu unserer. Wegen der Kohle mach dir nich son Kopf.«

»Mach ick mir nich ... Mami!«

»Knallt gleich ... Macker!«

Nach dem Kaffee rauchten sie eine Zigarette davor, schliefen miteinander und teilten sich die letzte Kippe danach. Das Essen mit allen WG-Leuten war laut und lustig. Bevor sie ihn zum Bahnhof brachte, knallte Whisky ein Standardformular auf den Küchentisch.

»Na los. Unterschreib!«

Zum Abschied auf dem Bahnsteig ein letzter langer Kuss.

»Tschüss, Untermieter!«

Berndte lächelte und stieg ein. Auf der Fahrt dachte er viel nach, über die letzten Jahre, über die Kumpels, seine Alten, über Kati. Schwer würde es werden, das Abschiednehmen.

Vier Wochen später räumten sie Berndtes Sachen in den Kleinbus eines WG-Bewohners. Oimel und Lukas halfen mit, wollten gleich am nächsten Wochenende kommen und die neue Wohnung mit Berndte einweihen. Es wurde eine fröhliche Sause. Bier, Mucke, Konzert. Klimpaklim und Hopplahopp. Pogo bis zum Morgengrauen. Whisky wollte nicht mit. Punkkonzerte waren nicht so ihr Ding.

Die Wochen vergingen, ohne dass Berndte seinen Schritt bereute. Er fand einen Job hinterm Tresen einer linksalternativen Kneipe. Die wenige Kohle, die er dort verdiente, reichte für Miete und Bier. Mit Whisky war er glücklich, in der WG nebenan war er oft Gast beim gemeinsamen Mahl. Er bekam es sogar hin, selbst einmal alle zu bekochen. Spirellis mit Tomatensoße. Da es in der WG einige fleischfreie Westler gab, verzichtete er auf die Jägerschnitzel dazu.

Nach einigen Monaten ging Whisky gegenüber Berndte immer mehr auf Distanz. Er merkte es kaum, da er es nicht merken wollte. Sie schliefen noch miteinander, doch nach dem Sex wollte Whisky allein sein, ging rüber in ihr Zimmer. Berndte fragte sich, ob er überhaupt eine Beziehung mit ihr hatte. Sie hatten nie darüber gesprochen. Weil er ihren Geburtstag nicht bedacht hatte, ging er an diesem Tag zur Tresenschicht, kam spät nach Hause, hatte drei Feierabendbier intus.

»Berndte, das wars. Ich will nicht mehr.«

»Warum?«

»Darum!«

Ein langer Monolog folgte, Berndte hörte zu, konnte nicht viel sagen. Whisky erklärte ihm, dass ja alles ganz nett gewesen, aber sein Punkding nicht ihr Film sei. Sie wünsche sich mehr Freiheit, wolle ihr Studium wieder ernster nehmen und sich auch politisch engagieren. Berndte blieb stumm, ging in seine Bude, drehte die Musik auf, aber selbst nicht durch.

In den Wochen danach fuhr er wieder öfter zu seinen Kumpels, besuchte auch seine Eltern. Die machten sich Sorgen aufgrund seiner beruflichen Entwicklung. Mit dem Geld als Tresenkraft kam er wirklich kaum hin. Sein Vater nahm ihn ins Gebet.

»Mensch, Junge. Du hast doch wat jelernt.«

Er unterstützte ihn bei der Bewerbung. Berndte hatte zwei Wochen später ein Einstellungsgespräch, bei dem er mit einigen seiner Einstellungen hinterm Berg hielt und dafür prompt genommen wurde. Schienenflicker bei der Berliner S-Bahn.

Berndte turnte zwischen den Welten. In der WG hielt er sich immer weniger auf, obwohl das für Whisky weiterhin in Ordnung war. Die Feierabendrunden mit den Kollegen am Dönerstand nahe der Werkstattzentrale, wo sie nach der Schicht den Transporter abstellten, wurden häufiger. Bier aus der Dose und blödes Gequatsche, sein Leben bekam Struktur.

»Oh Mann, Kacke! Wo isn der scheiß Schlüssel?«

Berndte hat Stress, denn in zwanzig Minuten muss er am Ostbahnhof sein, Kati und Lukas abholen. Vor der Haustür angekommen, zeigt ihm die Straßenbahn die Rücklichter. Also kann er auch gleich zum U-Bahnhof latschen. Vorbei am Plattenladen, am Spätkauf und dem Taschenshop, wo eine Umhängetasche so viel kostet wie ein kleines U-Boot. Der Spätimann grüßt Berndte mit dem Gluckgluck-Zeichen. Kopf nach hinten gebeugt und die Hand mit abgespreiztem Daumen und kleinem Finger vor den Mund gehalten. Berndte tippt im Vorbeigehen auf seine nicht vorhandene Armbanduhr.

An der Kreuzung steht eine durchdesignte Truppe halb junger Leute und quatscht irgendwelches Zeug. Lässige Typen, wahrscheinlich aus einem dieser Ladenbüros, wo Berndte nie weiß, was die darin eigentlich machen, außer den ganzen Tag vor dem Laptop zu sitzen. Berndte rempelt sich durch die parfümierte Truppe mitten hindurch. Weiter bei rot, oder tot.

In der U-Bahn schafft er es, sich einen der Sitzplätze im toten Winkel am Wagenende zu ergattern. Die Oma ihm schräg gegenüber mustert ihn, halb abfällig, halb neugierig. Berndte lässt sie links liegen. An anderen Tagen hätte er vielleicht einen Spruch gemacht, sein kleines, persönliches Spielchen durchgezogen, welches er für sich »Verarschung des Volkskörpers« nennt. Am Alexanderplatz angekommen, muss er rüber zur S-Bahn. Treppe hoch, quer über den Platz, geht am schnellsten. Mobile Bratwurstverkäufer, Menschen mit Unterschriftenlisten gilt es zu umgehen. Mit Brötchen und Senf, Juden für Jesus, jaja. Die Bauchladenverkäufer mit den Russenmützen und DDR-Fahnen haben neue, heiße Ware. Quietschende, blinkende Plastikköter, die unkontrolliert ihre kleinen Runden drehen. Engländer oder Amis mit erworbenen Ostbullenmützen fotografieren sich gegenseitig.

Die zwei Stationen bis Ostbahnhof gehen flink, sodass Berndte pünktlich 15 Minuten nach Ankunft der Regionalbahn auf Bahnsteig 8 die Treppe hochgehetzt kommt. Er schaut sich um, der Bahnsteig ist leer.

»Scheiße!«

Da Berndte kein Handy hat, kann er nicht mal anrufen. Vom gegenüberliegenden Bahnsteig 6 erklingt dünner Applaus.

»Eyyy, Keule!«

Dort drüben stehen Lukas und Kati, lachen sich schlapp und klatschen sich ab. Im Bahnhofstunnel beginnt das Begrüßungsgeschepper. Umarmung, Drücker, Schulterklopfer auf die ostdeutsche Art.

»Tach, ihr Hoschis!«

»Lange nich jesehn, wa?«

»Hättest ja mal vorbeikomm könn.«

»Sonst noch wat?«

Während Lukas mit seinem Rucksack hantiert, strahlt Kati ihn an. Berndte wird warm im Bauch. Sie hat sich verändert, trägt das punkige Outfit jetzt dezenter, hat die Haare aber immer noch gefärbt. Ganz Gentleman krallt sich Berndte ihren Seesack, an dem die Isomatte baumelt.

»Bitte, bitte, meinetwegen!«

In Berndtes Wohnung fliegen die Taschen in die Ecke, Lukas und Kati schauen sich neugierig um.

»Schuhe könnta anlassen.«

»Spießer!«

Berndte schaltet seine Anlage ein, und alle drei machen es sich auf dem abgetretenen Teppich bequem. Er entschuldigt sich noch mal für sein Zuspätkommen, gibt dem späten Feierabend die Schuld, um anschließend in eine Meckerkanonade zu verfallen, wie beschissen sein Job ist, mit den Schichten, den Typen, dem scheiß Wetter. Lukas kann das nachvollziehen, da er seit einigen Jahren in der Klitsche seines Vaters als Trockenbaumonteur arbeitet.

»Außendämmung, immer nur Außendämmung, ick kann es nich mehr hörn. Die janzen Eigenheimbesitzer machen mich nur noch aggressiv.«

Einzig Kati scheint zufrieden zu sein. Nach ihrer Ausbildung zur Erzieherin ist sie in einer soliden Betreuungseinrichtung gelandet, einem Kindergarten mit integrativem Konzept: »Macht Spaß mit den Kleenen. Nur manche Kolleginnen kannste inne Tonne treten, voll noch die Osttanten.«

Berndte klatscht sich in die Hände, kramt auf dem Tisch nach dem *Stressfaktor*, dem alternativen Monatsprogramm für die Chaoten der Stadt.

»Hab hier was Feines jefunden, ne Emopunkband ausm Ruhrjebiet. Habta Bock?«

»Klar! Jehn wa hin.«

»Jut! Wie lange bleibt ihr eigentlich?«

Lukas stupst Kati verschwörerisch mit dem Ellenbogen an, woraufhin sie in ihrem Beutel kramt.

»Haben noch ne Überraschung für dich.«

»Wie jetz?«

Kati holt einen Briefumschlag hervor, reicht ihn Berndte, der wie ein Auto hineinglotzt.

»Mensch, geil, Fußballkarten! DFB-Pokal, erste Runde. St. Pauli bei Tennis Borussia und dis schon morgen. Wo habt ihrn die her?«

Kati grinst: »Am Ostbahnhof is sone Vorverkaufsklitsche. Wir wussten, dass de nich pünktlich bist. Ick wollte erst welche für ne Eisrevue holn.«

Berndte freut sich. An Fußball hat er lange nicht mehr gedacht. Das BFC-Palaver von seinem Arbeitskollegen findet er zwar meistens ganz interessant, hatte aber nie wirklich überlegt, mal dorthin mitzugehen. Frank an sich war in Ordnung, aber auf ein paar Hundert Franks im Stadion hat Berndte keinen Bock.

Am Abend machen sie sich auf den Weg zum Konzert, nicht ohne sich vorher im Spätkauf noch ein paar Reisebiere zu holen. An der Straßenbahnhaltestelle ist es voll, durchtriebene junge Leute auf dem Weg zum freitagabendlichen Vergnügen.

Techno ist seit einigen Jahren tot, die schleichende Vermarktung findiger Partykapitalisten sorgte für das Entstehen einer sogenannten Clubkultur. Jede Rummelbude mit zwei Boxen und einem Mischpult nannte sich auf einmal Club. Während sich einige Aktivisten zu illegalen Raves in die Brandenburger Wälder verpissten, strömte durchfeuchtetes Volk in diese Schuppen mit überhöhten Preisen und aufgepumpten Türstehern. Jeder Depp konnte dabei sein, wenn er es sich leisten konnte. Die Musik wurde massenkompatibler, verschiedene Drogen kamen und gingen. Aggressives löste spaciges Zeug ab, betäubender Stoff wurde durch schmerzfreien ersetzt. Feiern ohne Feierabend.

Beim Einsteigen in die Bahn rempelt Lukas einen dieser Partypiloten aus Versehen an. Verschleierte Glupschen glotzen stechend, die Pupillen klein wie Stecknadelköpfe.

»Alta, hasten Problem? Penner!«

Berndte erkennt die Situation, der verstrahlte Hirsch hat noch fünf Kumpels im Schlepptau.

»Bleib locker, war nich mit Absicht.«

»Nächstet mal knallts! Penner!«

Gekonnt wischt sich Berndte mit dem Ärmel seiner Jacke die kleinen Spuckespritzer von der Backe, die der Drogenronny bei seiner kurzen Kanonade hinterlassen hat. Um weiteren Ärger zu vermeiden, verziehen sie sich ins andere Ende der Straßenbahn. Einigen Fahrgästen ist die Erleichterung über diesen deeskalierenden Schritt anzusehen, die meisten bekommen es gar nicht mit. Naive Feierbirnen ohne Ahnung für das Knallpotenzial der Stadt bei Nacht.

Drei Stationen weiter gerät der Verstrahlte mit einer kleinen Gruppe spanischer Touristen aneinander. Pure Lebensfreude mit Glasbruch, nachdem eine Bierflasche die Tolle eines Toreros nachzieht. Blut, Schreie, flinke Füße. Ein Fahrgast zieht beherzt die Notbremse. Stecknadelpupillenronny flippt aus, seine Kumpels machen mit. Dass das Fenster, das sie mit Tritten bearbeiten, kein Notausstiegszeichen hat, ist ihnen egal. Eine

Spanierin schreit. Erste wellenförmige Fluchtbewegungen Mitreisender, weg vom Geschehen. Lukas, Kati und Berndte werden gegen die Tür der Fahrerkabine gepresst.

»Ey, Steuermann. Mach mal die Tür uff.«

Da diese durch die ausgelöste Notbremsung sowieso schon entriegelt sind, steigen sie aus. Berndte macht den Reiseleiter: »Den Rest könn wa auch laufen.«

Mehrere Leute entströmen ebenfalls der Bahn, am Horizant tönt das bedrohliche Tatütata der Bullenwannen. Die drei machen es sich auf einer Schaufensterbank bequem und gucken zu, wie die Einsatzkräfte die Bahn betreten.

»Wat is hier los?«, erkundigt sich brüllend ein Einsatzleiter.

Spanisches Geplapper, germanisches Gebrülle, internationales Geschepper. Nach dreißig Sekunden werden der Ronny und sein Gefolge im Schwitzkasten aus der Bahn geführt, das Abarbeiten am Notausgang war umsonst. Lukas ist erstaunt.

»Mann, die Berliner Bullen, kiek se dir an. In Brandenburg wär die Bahn schon abjebrannt, und morgen früh hätte der zuständige Kontaktbereichsbeamte vielleicht mal n Beweisfoto jeschossen.«

Der weitere Weg zum Konzert verläuft störungsfrei, für einen schmalen Taler werden Berndte, Kati und Lukas in die müffelnden Katakomben des Punkrocks entlassen. Hinter ihnen gibt sich ein Wagenburgpunk mit Ofenrohr auf der Schulter als Techniker der Band aus. Da er den Einlassern bekannt ist, funktioniert der Trick nicht. Kati zeigt Gefühl, will dem Ofenrohr den Eintritt spendieren. Der eine Einlasser bleibt hart.

»Der bleibt draußen, is n Sexist. Hat hier schon öfters uff Trip Frauen angegrapscht.«

Soundcheck, noch ein Getränk, Konzertbeginn. Die Band ist nicht schlecht, flott gespielter Emopunk mit düsterem Gesang. Berndte und Kati lassen sich treiben, gehören zu den ersten Tanzenden. Während Lukas am Tresen mit irgendwelchen Unbekannten eine Tüte raucht, treibt die Band den tanzenden Mob in den emotionalen Pogo. Aggression trifft Melancholie, graue Texte im Viervierteltakt. Berndte kommt ins Stolpern, setzt sich auf den Arsch. Kati reicht ihm beide Hände, zieht ihn wieder hoch. Kurzer Stillstand, langer Blick.

»Alles okay?«

Keine Antwort, langer Kuss. Lippen, Zungen finden sich. Für einen Moment ist die Musik aus.

Nach dem Konzert holen Berndte und Kati Lukas an der Bar ab. Der hat zwar wenig getrunken, sein Augenschleier und sein grenzdebiles Grinsen lassen aber auf reichlichen THC-Konsum schließen. Dass es losgehen soll, ist für ihn in Ordnung.

»Wir müssn aber unbedingt noch innen Döner. Ick hab voll Kiffhunger.«

Auf dem Weg nach Hause ist Berndte schweigsam, da das Ereignis auf der Tanzfläche für ihn verwirrend war. Auch Kati redet nicht viel, Lukas dagegen quatscht wie ein Wasserfall. Klassischer Laberflash, keiner hat was dagegen.

In Berndtes Wohnung machen sie sich lang, Lukas auf der Isomatte, Kati kommt zu Berndte auf die Schlafcouch gekrabbelt. Einen kurzen Augenblick schweigen sie sich an, dann wieder Geknutsche. Berndte läuft warm, will mehr. Er fummelt an Katis BH herum, wird von ihrer Hand ausgebremst.

»Nich so, nich jetzt.«

»Liebste mich noch?«

»Ja!«

»Und du?«

»Gloob schon.«

»Hmm. Jute Nacht.«

Am nächsten Tag scheint die Sonne durch Berndtes dreckiges Wohnzimmerfenster. Lukas muss niesen und grunzt ein verpenntes »Morjen« in die Runde.

Berndte kämpft sich hoch, sucht nach seiner Hose.

»Ick mach mal Kaffee. Will jemand Brötchen?«

Kati rollt sich im Halbschlaf unter der Decke und murmelt: »Hmmm, icke.«

Im Bäckerladen freut sich die dicke Verkäuferin über Berndtes Erscheinen. Der kleine Stapel *Berliner Kurier* ist bereits ausverkauft, die letzten Rentnerprolls der Straße waren schon auf Plündertour. Berndte wollte sich eigentlich in die letzten Infos zum Spiel TeBe – St. Pauli einlesen und deshalb das Revolverblatt erwerben. Die Verkäuferin wundert sich.

»Ne Zeitung? Du!?«

»Na, warum nich? Acht Schrippen bitte.«

»Acht Schrippen? Haste Besuch?«

»Ja. Tschüss.«

Nach dem Frühstück machen sie sich auf in Richtung Stadion. Berndte kramt seine alte, inzwischen völlig speckige Pauli-Mütze aus dem Sofakasten heraus.

»Mensch, die haste noch?«

Kati ist ehrlich erstaunt. Mit dem Cap hatte sie ihn kennengelernt, und nach einer durchzechten Nacht, während derer Berndte das Teil irgendwann verloren hatte, suchten sie am nächsten Tag geschlagene zwei Stunden den modrigen Strand der Havel ab, um sie wiederzufinden.

Partys am Wasser, mit Lagerfeuer und Pipapo, waren zumindest in den warmen Nächten mangels Alternativen ein großes Ding. Bis heute ist Berndte davon überzeugt, dass einer der anwesenden Köter sein Cap verschleppt und irgendwann in einem Busch liegen gelassen hatte.

»War immer janz jut da draußen, wa«, klinkt Lukas sich in

den Erinnerungsschmu mit ein. »Wie war unser Lied, wenn wa dit Lagerfeuer anjezündet haben?«

»Brandenburg muss brennen, damit wir grillen können!«

»Stimmt!«

Lachend trällert Kati weiter.

»Senf is alle, keen Toastbrot,

sind wir schon wieder so weit ...«

Inzwischen im U-Bahnhof angekommen, schmettern alle drei aus voller Kehle: »... *in Brandenburg!?«*

Vom Gesang hervorgelockt, gucken zwei Wursthaarfrisuren hinter dem Zeitungskiosk hervor, die Berndte flüchtig kennt. In irgendeiner Besetzerkneipe im Nordkiez schieben die beiden ab und zu Tresenschichten, Berndte fällt nicht ein, in welcher. Beide tragen braun-weiße Schals. Beim Umsteigen vom U- zum S-Bahnhof auf dem Alex treffen sie weitere Fans, Zecken, Skins und Punks, die alle in Richtung Mommsenstadion wollen. Ein paar neugierige Bullen auf dem Bahnsteig verrenken sich die Köpfe, lassen die inzwischen aber auf gut fünfzig Leute angewachsene bunte Truppe ziehen. Cha-Cha-Cha im Waggon, die Stimmung ist ausgelassen, aber ruppig. Unbekannte stellen sich einander vor, Allesfahrer lästern über Modefans, Astra-Trinker werden von Sternburg-Aktivisten verarscht. Am Zielbahnhof strömen einige Hundert Fans aus dem Zug, hier schon mehr Bullerei, angespannte Stiernacken in regungsloser Pose. Vor dem Bahnhofsausgang betteln ein paar Streetpunks um Kleingeld für 'ne Eintrittskarte. Das Wäldchen zwischen Bahnhof und Stadion schmückt ein bunter Teppich aus Flaschen und Dosen. Einige Lila-Weiße geben sich als Anhänger der Heimmannschaft zu erkennen. Ein paar Sprüche, dann gemeinsames Cha-Cha-Cha.

»Sind zwar nicht viele, aber saufen tun die auch gerne«, verkündet im Hamburger Dialekt eine ältere Hafenfresse.

Friede, Freude, Dosenbier am Fuße des Charlottenburger Teufelsbergs.

Auf dem Weg zum Stadion nimmt Kati Berndtes Hand, lächelt ihn an. Gemeinsam schlendern sie Richtung Gästeblock. Lukas, der sich zum Pinkeln in einen Busch verkrochen hatte, kommt von hinten angestürmt.

»Ey, kiekt mal dahinten, der Typ. Is dit nich Lude?«

Kati und Berndte drehen sich um, eine kleine Gruppe, augenscheinlich TeBe-Fans, schlendern am Gästeeingang vorbei, weiter Richtung Haupttribüneneingang. Berndte ist sich sicher.

»Klar, dit isser.«

»Luuude! Luuude!«

Zwei St.-Pauli-Fans hinter ihnen sind amüsiert.

»Die Berliner sind in Ordnung, die müssta nicht als Zuhälter anschäkern.«

Der Angekumpelte dreht sich um, guckt kurz, kommt auf sie zu.

»Lude, du hier? Biste etwa für TeBe?«

»Klar, n paar Jahre schon. Wir sind wenige, aber die Juten.«

Lukas ist verwirrt.

»Aber is dit nich son Schnöselverein?«

»Dit is der Kick. Tach erst mal!«

»Und Lude, fährste öfters mal inne Heimat?«, tut Lukas interessiert. Kati schiebt nach.

»Neulich war wieder Theater mit den Faschos.«

»Bin schon ab und zu da. Wegen Familie und so. Neulich hab ick erst wieder son paar Faschobirnen in Ost gesehn. Au Mann! Ehrlich gesagt, ich gebs mir nich öfter als nötig.«

Berndte gibt Pfötchen, wird nervös.

»Wir müssen rin. Spiel fängt bald an. TeBe null, Pauli zwei!«

»Hört uff zu heuln!«

Im Stadion ist der Gästeblock gut gefüllt, die drei suchen sich eine Ecke. Sicht in Ordnung, Stimmung auch.

»Wer holt Bier?«, fragt Kati.

»Is ja gut, geh ja schon«, mault Lukas und trabt los.

Kati will die Zeit allein mit Berndte nutzen, Klarheit jetzt.

»Sind wa eigentlich wieder zusammen?«

Berndte schweigt kurz, guckt sie an. Engel links, Teufel rechts, Bauch oder Kopf, Berlin oder Brandenburg. Gedanken im noch nüchternen Kopfkarussell. Ein Kribbeln macht sich in der Magengegend breit. Berndte schaut sie an, sagt nichts. Er küsst sie, lange und intensiv.

»Ick liebe dich!«

Lukas kommt zurück, ohne Bier. Das Spiel geht inzwischen dem Ende der ersten Halbzeit entgegen.

»Alter, ick kotze. Zwanzich Minuten nach Bier angestanden, dann endlich dran ... und aufm Rückweg stolper ick über so ne blöde Betonstufe. Anderthalb Liter goldenen Saftes im Arsch!«

Kati lacht nur, gibt sich versöhnlich: »Egal! Ick hol neuet.«

Lukas wundert sich: »Was isn mit der los? Haste ihr n Antrag gemacht, oder isse schwanger?«

Die Stimmung im Stadion ist prächtig, die Hamburger ziehen erwartungsgemäß in die zweite Runde des DFB-Pokals ein. Nach Abpfiff abklatschen am Zaun und noch mehr Gesänge.

»... super Hamburch, St. Pauliii!«

Auf dem Weg aus dem Stadion kommen sie an einem Fahnenmast vorbei, an dem die Vereinsfahne von Tennis Borussia Berlin weht. Lukas guckt hoch und klopft Berndte auf die Schulter.

»Haste druff?«

Berndte guckt hoch, überlegt.

»Jut! Um nen Kasten? Wette jilt!?«

»Abgemacht!«

Wie im Sportunterricht zieht er sich am Mast hoch, rutscht mit seinen Boots zweimal ab. Irgendwie schafft er es, die Fahne von den Karabinern zu lösen, sodass sie flatternd zu Boden fällt. Lukas hat Probleme, sie zu verstauen, die Fahne ist größer, als er dachte.

»Schönet Ding! Der Kasten is deiner.«

In der S-Bahn steigen sie in einen Zug fröhlicher Leute, rappelvoll, singend und stinkend. Ein nervöser, schwarz gekleideter Jüngling wirbelt angestochen durch den Waggon: »Leute, passt auf! Irgendwelche Herthaner sollen noch was geplant haben.«

Berndte muss über die Paranoia des einsamen Antifaschisten lächeln. Er kann sich nicht vorstellen, dass selbst Herthaner so blöde sind, eine rappelvolle S-Bahn mit St.-Pauli-Anhängern zu überfallen. Arbeitskollege Frank erwähnte noch am Freitag, dass die Biffzen das Spiel nicht interessierte. Und der ist kein weinrot-weißes Kind von Traurigkeit, der musste es wissen. Warum sollten also ausgerechnet Hertha-Fans ein Ding starten?

Im Zug gelingt es ihnen, in einer Ecke drei Sitzplätze zu ergattern. Berndte sitzt am Fenster, schaut auf die Ödnis eines Rangierbahnhofs. Interessanter ist die Stimmung im Waggon, etliche Fans singen und hüpfen im Takt. Es riecht nach Bier und Zigaretten. Eine Pfütze macht sich langsam auf dem Boden breit. Nicht weit weg scherzt ein Unbekannter: »Hab leider meine Punica-Flasche vergessen.«

Im Bahnhof Westkreuz verlassen erste Fußballhotten den Zug, um vom oberen Bahnsteig mit der Ringbahn in Richtung Neukölln oder Wedding weiterzufahren. Als sich die Türen bereits schließen, vernimmt Berndte plötzlich einen stumpfen, lauten Knall neben sich. Nach zwei Sekunden der Desorientierung sieht er sich von Splittern übersät. Als Nächstes merkt er kalte Luft hineinströmen. Die Aufregung im Wagen ist groß, da viele Fans nicht wirklich wissen, was los ist. Auf dem Bahnsteig ringen drei Bundesbullen einen etwa 16-Jährigen zu Boden. Aus seiner Hose rutscht ein blau weißer Herthaschal. Mehrere Reisende verlassen den Zug, die Bullen und ihr Gefangener geraten in Bedrängnis. Der Festgenommene scheint sich einen Moment nicht nur Sorgen wegen seiner Verhaftung zu machen. Blass hängt er im Polizeigriff. Von hinten kommen mehrere Bullen Knüppel schwingend zu Hilfe. Kurzes Tamtam auf dem Bahnsteig, Geschreie, Gebrülle. Nach etwa drei Minuten beruhigt sich die Situation, der Zug mit der eingeditschten Scheibe rollt langsam und ohne Fahrgäste davon. Kati sammelt die restlichen Scherben von Berndtes Jacke.

»Alles in Ordnung?«

»Nischt passiert. Scheiß Fascho!«

Die restliche Rückreise vom Spiel verläuft ereignislos, der Fußballmob zerstreut sich in alle Richtungen. Bei Berndte zu Hause angekommen, meint Lukas zu Kati, dass es Zeit wäre, sich aufzumachen, in Richtung Regionalbahn.

»Du, ick bleib noch, meld mich morgen krank. Kurzer Anruf im Kindergarten muss genügen.«

Lukas grinst, sucht seine Sachen zusammen und macht sich auf den Weg.

»Alles schick, euch viel Spaß! Ick find den Weg, ick find den Weg ...«

»Lukas, wart ma noch«, ruft Berndte ihm hinterher. »Is mir fast peinlich, dass ick jetz erst frage. Wie jehts n Oimel?«

Lukas guckt hilfesuchend zu Kati. Ihr Blick gibt ihm zu verstehen, dass er erzählen soll.

»War bitter für Oimel, die letzten zwee Jahre. Zum eenen der Suff, dann noch irgendwelchet anderet Zeug. Uffn Trip hängenjebliebm, quatschte nur noch dämlich. Irgendwann jings nich mir: Psychosen, sechs Wochen Klappse.«

»Scheiße«, rutscht es Berndte heraus. Er und Oimel hatten sich in den letzten Jahren aus den Augen verloren. Oimel zog den Provinzpunk weiter durch, Berndte war durch den Tapetenwechsel in eine andere Welt eingetaucht. Wenn, dann sahen sie sich zufällig auf Konzerten oder Partys.

»Und, wat macht er jetz?«, hakt Berndte nach.

»Na ja, er jeht mehr oder weniger lustlos zu seim Job. Bauhelfer. Aber immerhin, letzte Woche sind zwee Faschos anne Baustelle vorbeijekommen. Oimel, uffm Jerüst, hatte noch ne Schippe Mörtel über. Da war er wieder der Alte. Ick gloob, der bräuchte mal ne Freundin. So ne coole, die ihn liebt, wie er is. Wa, Kati?"

Nachdem Lukas gegangen ist, liegen Berndte und Kati Arm in Arm auf der Couch, sagen lange nicht viel. Irgendwann schwelgen sie in Erinnerungen, reden über Vergangenes.

»Warum haste dich damals eigentlich von mir getrennt?«

Berndte überlegt, findet keine passende Antwort: »Ach, weeß ooch nich.«

Abends laufen sie ein bisschen ziellos durch die Gegend, durch die Straße mit den besetzten oder exbesetzten Häusern, den vielen Kneipen und Kaschemmen, durch eine der letzten Ecken vom einst so rotzigen Ostberlin.

Auf dem Platz, auf dem am Wochenende immer Flohmarkt ist, suchen sie sich eine Bank, bewaffnet mit zwei Absackerbieren aus dem Spätkauf.

»Du, Berndte, ich zieh übrigens aufs Dorf. Wir wolln uns da n Häuschen pachten. Wird gut, gloob ick.«

»Echt? Mir wär das nischt. Hat dich die Landromantik erwischt?«

Kati lächelt, legt ihren Kopf an seine Schulter. Plötzlich

taucht aus dem Nichts ein Hund auf, Nullachtfünfzehnmischlingsköter ohne Anhang. Genau vor ihnen setzt er sich auf seinen Hundehintern und guckt sie erwartungsfroh an.

»Na, wer bistn du? Wo isn dein Herrchen?«

»Kati, der versteht dich nich.«

»Aber wenn der nun niemandem gehört?«

»Na, weeß ick ooch nich. Los, ab! Geh nach Hause.«

Als Berndte und Kati sich erheben und weiterschlendern, trottet ihnen der Hund mit erwartungsfreudigem Blick hinterher. Berndte dreht sich um, guckt ihm ins treudoofe Gesicht.

»Na, los. Komm mit!«

Wider die melodisch unterpinselte Massenkultur

Hochsommer 2015. Am Ostkreuz warte ich mit gefühlt ganz schön vielen Menschen auf die S-Bahn in Richtung Erkner. Viele Boys und Girls, einige Damen und Herren. Es ist so heiß, wie es eben zu dieser Jahreszeit sein kann. Der Elvis unter den Achseln zaubert dunkle Landkarten auf die jeweiligen Bereiche meines Poloshirts. Schon jetzt bereue ich es, mich nicht mit einem Fußballtrikot ausgestattet zu haben, denn die Dinger sind wenigstens luftig und locker, auch auf schwitzender Pelle.

In der Bahn ergattere ich einen Sitzplatz und lausche dem Gespräch zweier Studentinnen. Inhaltlich wird es nicht wirklich interessant, aber wenigstens handelt es sich um zwei dezente Schnattertaschen, die auch ohne überdrehtes Gehabe dem kommenden Open-Air-Ereignis entgegengondeln. Weiter hinten im Waggon macht es kling-klong, WG-Jungs in Hipster-Outfit stoßen mit ihren Beck's-Pullen an. Dezent nippen sie an ihren Bieren und wirken ein bisschen betroffen. Wahrscheinlich gehören sie zu einer jener Jugendkulturen, die im Teenageralter als Emo so pseudotraurig durch die Gegend wackeln und später als Studenten, mit beschnittenen Vollbärten und Dutzenden Festivalbändern an den Handgelenken, vor Tattooläden herumschlichen, nur um dann doch nicht einzutreten, damit Vati auch weiterhin das Studiengeld überweist. Bäckermützenhipster.

Auf dem S-Bahnhof Wuhlheide leert sich die Bahn so schnell, wie sich der Bahnsteig füllt. Ein panischer Knabe um die dreißig rennt an den Massen vorbei und einen Schwarzmarktkartendealer fast um. In der Hand hat er ein Schild: »Suche Ticket!« Aus den beiden wird wahrscheinlich kein romantisches Pärchen mit geschäftlichem Hintergrund mehr werden. Disharmonien im Angebot-Nachfrage-Verhältnis. Ich pilgere mit den Massen über die Bahnhofsbrücke, vorbei an der Haltestelle der ehemaligen Pionierhuschebahn, die neuerdings Parkeisenbahn heißt. Tüchtige Köpenicker Einheimische bieten am Wegesrand ihre Waren feil. Kindl, Pilsener, Budweiser, Hauptsache Berliner.

»Ach, drei Euro!? Na, gib her.«

Mit dem Feuerzeug lass ich es fluppen und nehme einen Schluck. Mäßig gekühlt dank Kühltasche. Vor der Freilichtbühne stehen mehrere Kleingruppen und harren der Dinge, die da kommen werden. Die Berliner Partypunkcombo *Beatsteaks* hat zum Tanz geladen, und viele sind gekommen.

Zwischen dem Wendekreis der Parkeisenbahn und der Bierbude mit bayerischer Oktoberfestplörre schlendere ich hin und her und halte Ausschau nach den Kumpels. Ein mir bekannter Fan des 1. FC Magdeburg steht erhöht auf einem Betonsockel und späht wie ein Sioux auf Büffeljagd.

»Glückwunsch zum Uffstieg«, mache ich mich bemerkbar. Er entdeckt mich und revanchiert sich.

»Ebenfalls Glückwunsch!«

»Ja, ja. Scheiß Berlin-Liga! Aber Oberliga is ooch kacke.«

Nachdem wir uns gefunden haben, schlendert unsere Truppe auf das Gelände. Einzelne Damen verabschieden sich auf die Sitzbänke, wir sammeln uns erst mal im Innenbereich der Freiluftbühne. Es ist heiß und die Vorband lau. Stammeldeutschrock mit melancholischen Texten. »*Berlin, verliebt, WG, Nacht, Gefühl, Rotwein, Tränen.*« Die üblichen Schlagwörter. Ich nippe am gereichten Bier und rufe laut: »Schnauze!«

Kumpel Mike meint, dass gestern, beim ersten Konzert, *Feine Sahne Fischfilet* als Vorband gespielt hätten. Die hab ich schon mal im *SO36* gesehen. Waren nicht schlecht und wären auch heute bestimmt die bessere Alternative. Vorne plärren die Kreativemos weiter, die Heulsusen aus der S-Bahn werden bestimmt ihren dezenten Spaß haben.

Langsam sinkt die Sonne, und die Masse läuft allmählich auf Betriebstemperatur hoch. Schon im Vorfeld hieß es, dass der Sänger der *Beatsteaks* am Fuß verletzt sei und heute wohl nicht alles geben könnte. Speziell das Reiten auf einem Surfbrett über die Köpfe der Fans müsse wohl ausfallen.

Erste Schlachtrufe, die wie Anfeuerungen aus Zeiten der DDR-Fußballoberliga klingen, erschallen im weiten Rund.

»*Beatsteaks* – klatsch, klatsch, klatsch! *Beatsteaks* – klatsch, klatsch, klatsch!«

Relativ unspektakulär kommen die Musiker auf die Bühne, der Sänger ganz melodramatisch mit Melonenhut und Gehstock. Die ersten Akkorde, Bass, Beat, bummbummbumm. Der Sänger natürlich: »Haaalloo, Beeerliin!« Vor, hinter und neben mir krakeelen nicht wenige Dussels zurück: »Haaalloo, *Beeeatsteeaks*!«

Es folgt Song auf Song, die Masse tobt, hüpft und hopst. Die Lieder der Scheibe, die ich auch zu Hause habe, wippe ich lässig mit. »Hail to the Freaks« passt hier und jetzt wie Arsch auf Eimer. Mitten im wogenden Mob zündet ein Kamikazefan ein Bengalo. Ich staune, das kannte ich bisher nur vom Fußball. Nervöse Ordner können nichts machen. Open-Air-Ultras im Viervierteltakt. Vier stiernackige Hooltypen mit Bermuda-Strohhüten flippen neben mir völlig aus. Sie tanzen rücksichtslos und erzeugen Unmut bei den Umstehenden. Ein Motivierter mit Sozialarbeiterfresse will reden. Die Tanzhools hauen ihn nicht um und machen einfach weiter.

Vor mir steht ein Paar, beide um die Ende dreißig, die einfach nur gucken wollen. Ein anderer Fan schiebt sich solo an ihnen vorbei. Etwa zwei Drittel seines Bieres landen auf dem Shirt der guckenden Vergebenen. Ihr Macker muss grinsen. Darauf rastet sie aus und kippt ihm wiederum ihre Cola in die Fresse. Er bittet sie, cool zu bleiben, nur um sich für diese Empfehlung einen etwa vierminütigen Anschiss einzufangen. Ich versuche, mich auf die Musik zu konzentrieren.

Der Sänger erzählt zwischen zwei Songs ein Märchen. Anfang der Neunziger sei er auch hier gewesen und hätte Berühmtheiten wie *Joy Division, Bad Religion* und noch irgendwem gelauscht.

»Ja, Freunde, da oben, da, wo das hübsche Girl mit dem gelben Shirt jetzt sitzt, da war ich und dachte: Das. Willst. Du. Auch!«

Drei Frauen in gelben Shirts, zwei in blauen und eine im grünen winken ihm wie bekloppt aus der ungefähren Ecke zurück. Er macht cool weiter, von seiner Humpelei ist nicht mehr viel übrig, und aus einer Bühnenecke zottelt er ein Surfbrett hervor. Die Masse tobt, der Mob jubelt. Was für ein Beschiss! Da ich eigentlich alles gehört und mehr als genug gesehen habe, ziehe ich mich auf den Oberring zurück. Ein permanentes Blitzlichtgewitter sorgt für Beleuchtung wie bei einem holländischen Hardcoretechno-Festival. Neben dem »Fotografieren verboten!«-Schild steht ein einsamer Ordner. Ich denke mir: »Abflug«, um in Ruhe S-Bahn fahren zu können.

Auf dem Weg steckt die Flaschenpfandmafia ihr Revier ab. Für immer noch drei ganze Euro hole ich mir ein Getränk.

Guten Morgen, Bomber-Manu

Das Flutlicht leuchtet mauschelig über der lauen Frühsommeratmosphäre, leichte Schlieren der Luftfeuchtigkeit wabern im grellen Hell der Hochleistungsstrahler über diesem mittelklassigen Fußballwettkampf um Punkte und Tabellenränge. Ein paar Hundert Interessierte und wenige Verhuschte verteilen sich im weiten Rund. Transparente und Fahnen mit kernigen Aussagen wehen am Zaun zum Stadioninneren. Trotz des drögen und vor sich hin plätschernden Spieles versuche ich, nicht mit meinen Arschbacken unruhig hin und her zu rutschen. Die Schalensitze sind so dreckig, dass jede Reibungsbewegung für massive Verschmutzung meines Hosenbodens sorgen würde. So sitze ich also artig in Erstklässlerhaltung auf meinem Sitz und folge den Ereignissen auf dem und um den Fußballplatz.

Rechts neben mir machen sich etwa einhundertfünfzig Freaks und Fanatiker mit rüpeligen Gesängen und Anfeuerungsrufen bemerkbar.

»Attacke, Attacke, BAK ist Kacke!«

Ich empfinde diese einfach gehäkelten und mit hohem Kombinationsniveau anwendbaren Schlachtrufe als großen

Sport. Lautstarkes und emotionales Artikulieren und Kommentieren des Spielverlaufs, des Gegners oder auch der Bierpreise hinter den Kurven und Geraden gefallen mir zudem besser als das einschläfernde Lalala diverser Ultragruppen, da ich schon immer der Meinung bin, dass die Fußballhotten der Welt nur dann eine große Fresse haben sollten, wenn es auch passt. Wozu durch schamanisches Gejaule seine permanente Anwesenheit und Treue zum Verein verkünden? Ein oder mehrere fliegende Bierbecher, ob voll oder leer, passend zum Geschehen auf dem Platz oder im Gästeblock eingesetzt; so etwas hat für mich oft mehr Atmosphäre als so manch aufwendig gebastelte Choreografie. Die Halbzeit verbringe ich rauchend und lauschend. Den Anfängerfehler, während der Pause pissen zu gehen oder mich für ein Bier anzustellen, begehe ich schon lange nicht mehr. Obwohl die Gespräche und andere Verbalgeräusche an den Pissbecken manchmal interessant sind, fühle ich mich beim einsamen Wasserlassen wohler. Kein Hooligan, der sich neben mir, ob nun prüfend, neidisch oder mitleidig, die Augäpfel verrenkt, kein Experte, der mir ungefragt eine Analyse der ersten Spielhälfte und einen Ausblick auf die Zukunft des Vereins liefert.

Nach dem ersten Drittel der zweiten Halbzeit schlendere ich gemütlich zu einem der Bierstände hinter der Gegengeraden. Dies ist der beste Zeitpunkt, um den nachlassenden Alkoholrausch wieder aufzufrischen. Durch jahrelange Stadionbesuche habe ich hier meine Feineinstellung gefunden. Zwei oder drei Suppen vor Spielbeginn sorgen bei mir für ein wohliges Gefühl und freudige Erwartung auf den Besuch eines unterklassigen Spieles. Mit diesem Pegel lässt sich alles, was so ein Tag mit sich bringt, mit gedämpfter Euphorie untermalen. Ab der sechzigsten Minute habe ich dann meist Bock auf einen Nachschlag. Also auf zum mobilen Zapfhahn, wo gestählte und aufgebrezelte Damen alles ertragen, was das Repertoire an Anmachsprüchen besoffener Fußballfans hergibt.

»Na, wat solls denn sein?«

»Odin Pievo, please, Süße!«

»Hier, Großer! Drei Euro.«

Ich gehöre zur Kategorie »zivilisierter Kunde«, da ich nicht unter der Zwangsvorstellung leide, unbedingt witzig sein zu müssen. Nach einem »Hallo« erfolgt gewöhnlich kurz und knapp meine Bestellung.

»Ein Bier, bitte!«

»Drei Euro!«

»Danke.«

»Bitte.«

Auch heute reihe ich mich in die inzwischen überschaubare Schlange ein. Es dämmert bereits über dem Osten der Stadt, eine kurze und kräftige Regenhusche und die jetzt wieder einsetzende Restsonne sorgen für einen Regenbogen über Pankow und Weißensee. Angetan von dieser Bildromantik, untermalt vom Lalülala diverser Mannschaftswagen, denke ich mir: »Ach, was solls.«

Eine ungefähr vierzigjährige Tresenlady im Teenageroutfit fragt mich nach meinem Wunsch.

»Zwei Bier, bitte!«

Hinter mir stehen drei Krawallkumpels und wundern sich über den lauten Tango der Bullenfahrzeuge.

»Is heute was jeplant?«

Auf dem Weg zum Sitzplatz meines Vertrauens schütte ich mir das erste Bier in zwei, drei großen Schlucken hinter die Binde. Das zweite sollte reichen, um die letzte Viertelstunde des Spieles schön angeschickert zu verfolgen und anschließend leichtfüßig in Richtung Ausgang zu tänzeln.

Der schnelle Rausch des flott genippten ersten Bechers kommt gut und zeitnah. Debil grinsend und ohne jeglichen Kummer verfolge ich das Geschehen. Nein, ich bin kein Hipster, der nicht vor halb zwei Uhr nachts in den angesagtesten Szenepuff der Stadt geht. Ja, ich bin ein Fußballfan, früh besoffen und längst zu Hause, bevor der erste Nachtbus rollt.

Mein Telefon klingelt.

»Hallo! Na, mein Schätzele?! Wir führn! Allet jut.«

»Jaja. Du, die Manu schläft heut bei uns.«

Damit habe ich nicht gerechnet, und leichter Stress macht sich in mir breit. Angetütert vom Fußball zu kommen und zu Hause auf Besuch zu treffen, ist eine situative Kombination, die ich nur ungern und erfahrungsgemäß nicht unbedingt solide meistere.

»Manu musste aus ihrer Wohnung raus, weil die da auf ner Baustelle ne Fliegerbombe ausm Zweiten Weltkrieg gefunden haben.«

»Na, is ja ein dollet Ding! Ach, deshalb fahrn die Bullen hier schon ein wildes Rodeo vorm Stadion.«

»Jaaa! Kam im Radio, dass die vom Fußballspiel auch Kräfte abgezogen hätten ... Übrigens, die U-Bahn is wohl ooch gesperrt. Wie kommste nach Hause?«

»Meinste jetz, mit welchem Verkehrsmittel oder in welchem Zustand?«

Nach Spielende schlendere ich direkt weiter in Richtung Stammkneipe, denn jetzt ist auch alles egal. Nur weil die Alliierten zu blöde waren, ihre Sprengbomben so abzuwerfen, dass die Dinger auch vollständig hochgingen, laufe ich jetzt nicht eine Dreiviertelstunde in Richtung Nordost.

Ich schwinge mich auf den Tresenhocker und spiele das »Sachsen jagen«-Spiel. Ein Berliner scheucht ein Radeberger durch meine Organe, um sich eine halbe Stunde später auf dem Klo ein Geplänkel zu liefern.

Ich wanke zur Straßenbahn, die inzwischen wieder rollt. Zu Hause ist alles dunkel und still. So leise wie möglich pelle ich mich aus, um anschließend noch in der Küche, auf der Suche nach Nahrung, ein bisschen rumzupoltern.

Am nächsten Morgen sitzt unser evakuierter Besuch mit in der Küche und schlürft Tee.

»Jutn Morgen, Bomber-Manu! Scheiß Nazis, steht deine Wohnung noch?«

Opferpunks

Mein Sohn und ich, wir sind stimmungstechnisch ungefähr immer gleich mittelmäßig drauf, wenn ich im Kinderladen auflaufe, um ihn nach Hause zu entführen. Mir fällt meist nichts Besseres ein, als ihn mit den immer selben Fragen zu löchern:

»Na, wie wars heute?«

»Na, mit wem haste jespielt?«

»Na, wat jabs zu essen?«

Er revanchiert sich dann mit beharrlichem Schweigen und wackelt auf meinen Schultern hin und her wie eine Schaukelmatroschka. Denn er will getragen werden, zu allem anderen ist er laut Aussage zu schlapp. Wenn ich nicht gleich spure und ihn hochwuchte, ergeht er sich in theatralischer Pose, stützt vorgebeugt die Hände auf die Knie und schaukelt sein herabgesenktes Haupt hin und her wie eine Babygiraffe. Nur die Stimme ist noch kräftig: »Paaapi, ich bin schlapp!«

Meistens gebe ich dann nach, nur um den plötzlich wieder zu Kräften gekommenen Sprössling an der Bushaltestelle wieder runterzulassen, damit er wie ein angepiekstes Ferkel um das Wartehäuschen rasen kann. Oft im Uhrzeigersinn, manchmal direkt durch die Hundescheiße. Da im meist überfüllten 255er-Bus der Träger der kontaminierten Botte nicht zu ermitteln ist, suchen sich die strafenden Blicke des schnuppernden Fahrgastmobs ein Opfer aus, das auch optisch ungefähr zum leicht beschissenen Mief im Gefährt passt. Oft trifft es dann so einen Pegida-Hool-Typen mit Bomberjacke, Arbeitshose mit Zollstocktasche und der Spur von Tausenden Sternburgern im Gesicht. Meinen Sohn dagegen treffen einige streichelnde Blicke, die ihn für sein niedliches Tamtam huldigen oder seine Gesänge putzig finden.

»Drei Pekinesen mit n Kontrabass ... Da kam die Bullerei und erzählte was ...!«

Über viele Jahre war ich ein klassischer Kandidat für die organischen Tretminen auf den anorganischen Bürgersteigen der Stadt. Beim damaligen Verlassen eines linksalternativen Wohnprojektes, in dem ich vor langer Zeit einmal wohnte, fiel mir ein komisches Auto mit einer komischen Frau auf. Das stand da so, und sie guckte so. An der nächsten Ecke die nächste Karre mit einem ebenfalls auffälligen Kandidaten. Obwohl ich auf dem Weg zur mündlichen Abiturprüfung war, bei der ich als Ratekandidat Fragen zu Ephraim Lessings pfiffigem Nathan beantworten sollte und damit den Kopf mehr als voll hatte, fand ich die parkenden Zeitgenossen schräg und verdächtig. Ich drehte mich noch mal um und dachte: Bullen!

Ich guckte wieder nach vorne und dachte: Scheiße! Die weiche Realität meines Weges missachtend, war ich in einen mittelprächtigen Scheißhaufen gelatscht. In fünfundvierzig Minuten Prüfung und den Schuh voller Scheiße. Ich spekulierte auf eine Schultoilette, in der ich die Kacke mit Papierhandtüchern von der Sohle kratzen konnte. Den angewiderten Blicken auf der Fahrt von Prenzlauer Berg nach Charlottenburg würde ich standhalten können, denen einer angewiderten Prüfungskommission nicht. Zumindest bestand ich mit »befriedigend«, obwohl mir die Bilder der hektischen Schuhreinigung auf der Schultoilette noch nachhingen.

Drei Tage später krachte die eisenharte Eingangstür unseres kuscheligen Wohnprojekts, und viele Bullen in voller Montur standen im Treppenaufgang. Hände hoch, kein Hopsasa. Erst kam die Infanterie, dann die Schnüffelstalinisten von Staatsanwaltschaft und BKA. Es ging auch nicht um mich und meine Kacke am Schuh, sondern um verdächtige Kumpeleien und Hakenkrallen. Am Ende landete keiner im Bau, und ein paar Tage später war wieder alles schau.

Der Sommer kam und mit ihm auch der Hochsommer. In den Straßen lag ein Dunst von Hundescheiße, permanent wabernd und wie eine Glocke über den Stadtteilen hängend.

Ein paar Jahre später wurde die Tütenaufsammelpflicht eingeführt. Tüte über die Kralle, Kacke vom Asphalt gekratzt, Tüte auf links gedreht, Knoten rin und die Tüte in die nächste Grünanlage oder auf den nächsten Kinderspielplatz gepfeffert. Berliner Hundehalter sind so ehrlich nach vorne.

Inzwischen sind wir auf dem Weg vom Kindergarten nach Hause auf der Zwischenstation S- und U-Bahnhof Pankow angekommen. So wie ich uns eine Schneise aus dem Bus freischubse, stecke ich auf den wenigen Quadratmetern Wartebeton unser Revier ab. Mein Sohn soll nicht jetzt schon unter die Räder kommen oder zwischen den Prolls des öffentlichen Nahverkehrs verloren gehen.

»Die Fünfzich kommt in drei Minuten. Siehste, geht doch«, informiere ich meinen Nachwuchs mit grün-schwarz gestreifter Mütze achtzig Zentimeter unter mir.

»Siehste sie schon, Papi?«, fragt er mich.

»Nee, son Opferpunk versperrt mir die Sicht«, antworte ich gedankenlos.

Als die Straßenbahn Linie 50 einrollt, drängeln sich einige Freaks in die bereits gut gefüllte Bahn. Plattenbau in Heinersdorf oder Reihenhaus in Französisch Buchholz? Die jeweiligen Reiseziele erkennt man heute nicht mehr an der bevorzugten Tageszeitung, sondern am Geschehen auf dem Smartphone. Alle Sitzplätze sind besetzt. Hier ein dicker Hausfrauenhintern in Stretchjeans, da eine verschmierte Handwerkerhose mit Bierpulle zwischen den Knien. Wir arrangieren uns stehend im Knickbereich des Fahrzeugs, dort, wo es in scharfen Kurven zugeht wie im Innern eines Akkordeons. Mein Sohn klammert sich um mein Knie, ich kriege Lust auf ein Bier. Plötzlich schaut er sich um und betrachtet die Mitreisenden vor und hinter uns.

Mit einem lauten »Paaapi!« versucht er, den Höhenunterschied zwischen uns zu überbrücken.

»Was isn?«

»Hier sind *überall* Opferpunks!«

Tschüss, Berndte

»Scheiße siehste wieder aus.«

»Wuff, wau!«

»Ach so, ja stimmt. Hattest noch keen Frühstück.«

Berndte kramt den großen Sack mit dem Trockenfutter aus der Küchenecke hervor und kippt eine Portion prasselnd in den Futternapf.

»Frischfleisch is nich! Hier, muss reichen.«

Stalin schnuppert kurz und ist zufrieden. Gierig macht er sich über seine staubige Mahlzeit her.

Seit ihm der Hund vor fünf Jahren zugelaufen ist, hat sich zwischen ihnen eine Art Hassliebe entwickelt, denn Stalin hat in dieser Zeit genug Scheiße gebaut, über die Berndte schon lang keine Liste mehr führt. Zerlegte Möbel, zerbissene Tonträger und zerrissene Fanzines zeugen von Stalins destruktivem Talent. Auf den Namen »Stalin« kam Berndte, als er nach etwa einer Woche Zusammenleben am Abend nach Hause kam und sein Fußballschal zerfetzt im Flur lag. Als er dann später noch eine historische Dokumentation über die Sowjetunion in der Glotze sah, hatte der Hund seinen Namen weg. Dabei wäre Berndte nie zu einem Hund gekommen, wenn ihn

Kati am Abend ihres Wiedervereinigungsspazierganges nicht dazu überredet hätte, ihn mit nach Hause zu nehmen. Trotzdem gewöhnten sie sich im Laufe der Zeit aneinander, und oft war es ja auch schön, mit Stalin einen Ausflug zu machen. Durch ihn hatte Berndte Berliner Ecken und Kanten entdeckt, die ihm sonst verborgen geblieben wären. Spätestens wenn Berndte lautstark nach ihm rief, war er sich der Aufmerksamkeit diverser Spaziergänger sicher, was schon wieder lässig war. Im Treptower Park erregte sich ein älterer Wendeverlierer über den Namen so sehr, dass ihm der Sabber aus der Gusche tropfte und im ungepflegten Dreiwochenbart hängen blieb.

»Wie kann man dit arme Tier nur so nennen? Biste nich bei Trost?«

»Mach mal halb lang, Alter. Meene Mieze heißt Mao!«

Berndte schwebt in Erinnerungen, guckt seinem Hund gedankenverloren beim Fressen zu und tätschelt ihm den Rücken. Ein Blick auf die Uhr holt ihn aus der Kopfkinovorstellung.

»Mensch, wir müssen. Los, hoppie!«

Trotz schnellen Trabes durch das Treppenhaus in Richtung U-Bahn würde Berndte den Regionalzug nicht mehr schaffen. Also konnte er auch gleich gemütlich zur Haltestelle Jungfernheide fahren und den Folgezug nehmen. So kann Stalin auf dem Vorplatz noch ein bisschen herumrennen, ein entscheidender Vorteil, damit der Hund während der Fahrt nicht so nervt. Am nahe gelegenen Bahnhof Potsdamer Platz wäre das so nicht möglich.

Berndte hat mal wieder vor, bei seinen Alten vorbeizuschauen, um Guten Tag zu sagen, Mittag zu essen und vielleicht noch zum Kaffeetrinken zu bleiben und um anschließend zu Kati aufs Dorf weiterzufahren.

In ihrer mehrjährigen Beziehung haben sich beide eingerichtet: sie auf dem Land, er in Berlin. Dadurch hocken sie nicht jeden Tag aufeinander, das hält die Liebe frisch. Zumindest denkt Berndte sich das so. Manchmal ist er schon eifersüchtig, vor allem wenn ein paar schmalzige Wursthaarträger seiner Madame am Wochenende den Hof machen. Denn irgendwelche Hippiefeste feiern sie regelmäßig auf ihrer Landkommune. Trotzdem fühlt sich Berndte meistens ganz wohl dort; und außerdem braucht er sich dort nicht um Stalin zu kümmern, weil Kati diesen Tyrannen abgöttisch liebt.

Oft hatte Kati schon vorher frische Reste aus der Dorffleischerei besorgt, und während sie mit Stalin lange Spaziergänge machte, saß er im Garten und ließ den Metropolenpunk raushängen. Wenn Nachbarn über den Zaun lugten, bemühte er sich um besonders lautstarke Rülpser, drehte den Player noch ein bisschen hoch und köpfte eine Pulle Bier mit der Gartenschere.

Kati und die anderen brauchten lange, bis die eingesessenen Dorfbewohner mit ihnen warm wurden, aber nach einiger Zeit funktionierte es ganz gut. Irgendwann gehörten sie dazu, und die Wahrscheinlichkeit, eines Tages von einem Mistforkenmob aus dem Dorf gejagt zu werden, war nunmehr verschwindend gering. In Berndtes Augen war es Anbiederei, er verstand nicht, warum sich die Kommune mit diesen Spießern einließ. Kati wurde dann oft sauer:

»Mann, Berndte! Wenn de irgendwann mal ein Auto hast, und du bleibst mit der Karre aufm Weg zum Anger hoch im Schlamm stecken, dann biste froh, wenn son Nazispießer mitm Trecker kommt.«

»Wird nich passieren, mein Dreamfräulein. Ick reise nur mit der Reichsbahn. Kreuz und quer, durch die DDR, mit dem Schienenersatzverkehr!«

»Na, Freundchen, du hast wohl ooch so manchen Schuss

nich jehört, die letzten Jahre. Apropos Schuss, meene Orgasmen sind nur vorjetäuscht.«

»Meene ooch.«

Auf dem Bahnhof mit dem jungfräulichen Namen im Berliner Westend holt sich Berndte seine Fahrkarte wie immer im Ticket- und Bockwurstshop. Auf seine unschuldige Frage, ob er für Stalin auch eine Karte brauche, wird ihm wie immer von der türkischen Servicekraft bestätigt, dass dies natürlich nicht nötig sei und bei so einem Kläffer höchstens der Hundefänger kommen könnte, beziehungsweise er in anderen Ländern gleich erschossen werden würde. Auch wenn dies schon öfter für Diskussionen mit dem Schaffner im Zug führte, nutzte Berndte diese Kompetenzwidersprüche zwischen den Angestellten der Deutschen Bahn stets zu seinen Gunsten aus. Stalin reiste immer kostenlos.

Da der Zug erst in zwanzig Minuten eintrudelt, holt sich Berndte am Kiosk nebenan ein paar gekühlte Getränke, da im Rucksack noch Platz ist. Klappernd und klimpernd geht er mit Stalin auf den Bahnhofsvorplatz.

»Los, Stalin, Stöckchenspiel. Sport frei!«

Der Hund lässt sich nicht lange bitten und springt begeistert auf das kreative Bewegungsangebot an. Hechelnd rast er über den Parkplatz, um einen vergammelten Ast wieder dorthin zu schleppen, wo der losgeflogen ist. Routiniert schleudert Berndte den Sportknüppel mit der Rechten über den Platz, ohne einen Tropfen des Sternburgers in seiner Linken zu verschütten. Schichtarbeiter mit Frustfressen aus der Fabrik gegenüber schleichen lustlos über den Platz, nehmen von der tierischen Leibesertüchtigung kaum Notiz. Die anrollenden Schichtler mit Red-Bull-Dosen, die abrollenden mit Schultheiß-Pullen in der Rechten. Die Bahnhofsvorplatzuhr singt das Lied von der baldigen Abfahrt. Auf dem Bahnsteig legt Berndte Stalin an die Leine, da er keinen Bock darauf hat, dass sein Hund als Kühlerhaubenmaskottchen eines durchrauschenden ICEs endet. Ein Flaschensammler kumpelt ihn an, ist scharf auf seine Pulle.

»Kollege, is die leer?«

»Nein. Moment ... Ja. Hier!«

»Danke, Mann. Is dit dein Hund?«

»Sieht so aus, wa. Willsten haben?«

»Na, du bist ja druff. Nee, lass ma.«

Der Typ wackelt weiter, untersucht mit einer Taschenlampe die Mülleimer auf dem Bahnsteig nach Innereien. Weiter hinten steht eine Truppe Rentner, potenzielle Bundesgartenschaukandidaten, die sich Berndte in den letzten Monaten auf seinen Fahrten zu Kati immer wieder antun musste. Weiter hinten ein paar Jungkonsumenten, mit hoher Wahrscheinlichkeit steigen die beim Bahnhof in der Nähe des Outletcenters wieder aus.

Vor ein paar Monaten, als er mit Lukas nach einem durchzechten Wochenende in Richtung Provinz rollte, um Kati mit seiner ausdünstenden Anwesenheit zu belästigen, verarschten sie einige Typen, die dort ebenfalls ausstiegen. Nach ihrem Spruch »Nike und Adidas sind schon okee, doch glücklich macht nur LSD!« wollte ihnen ein parfümierter Gangsterkettchenträger an die Fratzen, wurde aber vom kläffenden Stalin und seiner kreischenden Begleiterin zum Rückzug gezwungen. Sie lachten ihn nur aus.

Zwischen den Blumendebilen und den Shoppingprolls steht ein Typ, den Berndte ins Visier nimmt, da er ihm irgendwie bekannt vorkommt. Groß, gelangweilt, leicht gebeugte Haltung. Legeres Straßenkampfoutfit, Turnschuh, Jeans, schwarze Jacke. »Is dit Lude?« Berndte überlegt, Stalin zottelt an der Leine. »Nee, der war früher dünner.«

Der Zug rollt ein, Berndte und Anhang entern den vorderen Waggon. Bereits im Gang jubelt ihm seine Lieblingszugbegleiterin entgegen, mit der er während diverser Fahrten schon geplaudert hat. Über Gott und die Welt, über Hunde und die Ostdeutsche Eisenbahngesellschaft.

»Ach, hallo, Berndte! Und der kleine Lenin is auch wieder dabei!«

Berndte muss lachen, darüber, mit welch naiver Emotionalität, geschult durch diverse N24-Dokumentationen und Guido-Knopp-Sendungen, die Schaffnerin mal wieder den Namen seines Hundes durcheinanderbringt.

»Vorsicht, Frau Trotzki!«, blödelt Berndte rum. »Sonst hol ick den Eispickel raus.«

Ein bisschen Struggle

Susen und ich schleichen konspirativ durch die Linienstraße. Neun Uhr abends auf dem Koppenplatz ist angesagt, Spontidemo durch Berlins Mitte. Vorbei an Galerien, Markenshops und Yuppie-Cafés.

»Spontandemonstration«, das heißt in Berlins linksalternativer Szene: Demo ohne vorherige offizielle Anmeldung bei den zuständigen Behörden. Oft lief das in der Vergangenheit so ab, dass von hundert Leuten mindestens siebzig sowieso zu spät kamen, die Bullen dagegen in dreifacher Überzahl schon pünktlich da waren, um alles, was dann trotzdem noch einen spontanen Walzer auf der Straße tanzen wollte, erst mit dem Einsatzstock zu drangsalieren und anschließend hopszunehmen.

In den Vormittagsstunden hatte der Besitzer eines ehemaligen besetzten Hauses in der Linienstraße zwei Wohnungen räumen lassen. Die dort wohnenden und inzwischen Miete zahlenden Leute waren berechtigterweise empört, denn nicht nur einer der ihrigen war dadurch obdachlos geworden, auch ihr Bastel- und Tanzpalast im Erdgeschoss war von heute auf nun nicht mehr nutzbar. Der seit 1989 inzwischen sechste oder sechsunddreißigste Besitzer der Hütte wollte es anscheinend wissen, wohingegen seine fünf oder fünfunddreißig Vorgänger aufgrund der renitenten Einwohnerschaft alle irgendwann aufgegeben haben. Nachdem der zockende Immobilien-Ingo diverse Mietprozesse vor Gericht verloren hatte, fuhr er an diesem Tag schärfere Geschütze auf. Räumungstitel mit Gerichtsvollzieher, eine halbe Hundertschaft Berliner Bullerei und private Securitys zu seiner eigenen Sicherheit. Die meisten Bewohner wurden morgens um halb acht in ihrer Nachtruhe gestört. Vor dem Haus fanden sich nach und nach einige Dutzend Empörte ein. Ich gesellte mich dazu und meckerte mit. Aus den Fenstern schallte Musik. Die bekannten Hits von *Ton Steine Scherben*, *AC/DC* und *Bodycount*. Lieder von ausgelaufenen Träumen, bimmelnden Höllenglocken und Polizistenmördern.

Da unser Sohn auf einer Gruppenreise seines Kinderladens weilte, konnten wir an dem zu erwartenden abendlichen Spontitanz durch die laue Mainacht als Pärchen teilnehmen. In einer der Spätverkaufsstellen besorgten wir uns vorher eine Flasche Vita-Cola, ein Ostprodukt mit einem Hauch Zitrone. Wir wollten mit diesem Szenegesöff Verbundenheit demonstrieren und uns von den Beck's und Tannenzäpfle saufenden Touristen am Rosenthaler Platz abgrenzen.

»Weeßte noch?«

Auf dem Weg Richtung Koppenplatz geben wir uns unseren Erinnerungen hin. Susen hatte mehrere Jahre auch in dem Haus gewohnt, dort hatten wir uns kennengelernt, dort hatten wir verkommene Straßenkater vom Schuppendach vertrieben, um unserer Katze einen gewaltfreien Spaziergang zu ermöglichen. Die ersten Monate verbrachte unser Sohn in diesen Katakomben der Anarchie, was ihm so lange egal war, wie die mütterliche Milch floss. Erinnerungen hängen an diesem Haus wie Lametta am Weihnachtsbaum.

Pünktlich um neun stehen wir auf dem verabredeten Platz,

und wir staunen und staunen. Etwa 150 Leute sitzen und stehen dort lässig herum. Schwarz ist die dominierende Kleiderfarbe. Keine Bullen weit und breit. Die Erfahrung lehrt, dass es jetzt eigentlich sofort losgehen sollte, um der Staatsmacht ein Schnippchen zu schlagen. Aber irgendwie ist es so kuschelig auf diesem Platz, umringt von blühendem Flieder, dass der entscheidende Startschuss ausbleibt. Alle schnattern miteinander und herzen sich, um sich anschließend der Empörung über die Sauereien des Vormittags hinzugeben.

»Kiek mal, Susen. Da is Dietmar vom *Telegraph*. Nabend, Dietmar.«

»Tachchen.«

»Dit is meine Freundin. Susen.«

»Wer is dit?«

»Meine vormundschaftliche Betreuerin vom Amt. Susen.«

»Ach so! Hallo!«

Inzwischen ertönt aus Richtung Torstraße das Lalülala der Bullenwannen, die auch prompt um die Ecke gerast kommen. Irgendein Bullenspitzel hat uns wieder mal angeschissen. Der Mob überlegt. Rufe werden laut.

»Looos gehn, jetzt! Alle Richtung Oranienburger!«

Erste Freaks und Actioncrews begeben sich zwecks Absetzbewegung in Trott. Die Bullen hopsen aus ihren Transportern, um im flotten Gänsespeed um den Platz herumzuhecheln. Ein Punk auf dem Platz bringt Ruhe ins Gewimmel: »Ach, was solls. Ick melde dit hier und jetzt als Demonstration an.«

Er schlendert zum Einsatzleiter, stellt sich vor und wedelt mit dem Bundespersonalausweis. Über so viel konformes Verhalten sind selbst die Bullen erstaunt. Ihre Fressen entspannen sich sichtlich.

Da die inzwischen 200 Leute lieber eine ordentliche Demonstration als ein brutales Gekloppe mit den Bullen wollen, stellen sich alle ordentlich auf. Die von mir abgestellte Colaflasche ist inzwischen, neben diversen anderen Getränkebehältern, von zwei Zivibullen entsorgt worden. Wurfgeschosse rechtzeitig abräumen gleich pünktlicher Feierabend, genau so wohl ihre Arbeitsmotivation.

Nach etwa zwanzig Minuten Eierei vonseiten der Berliner Polizei, zwecks Streckensicherung und ähnlichem Quatsch, geht es dann los. Schnell durch die Ackerstraße, rauf auf die Hauptverkehrsader von Berlin-Mitte.

»One struggle, one fight, Li-ni-en-straße bleibt!

»A, anti, antikapitalista!«

Wir sind ein inzwischen 300 Köpfe zählender Mob, der mit dem spontanen Segen der Bullen in Richtung Prenzlauer Berg rollt. Am Rosenthaler zücken begeisterte Touris und beschwipste Schwaben ihre Taschentelefone mit Fotofunktion.

»Yeah, Alter, wir sind ein Fotomotiv!«

Ich freue mich und fühle mich elitär. Mittendrin im Mob, statt nur außerhalb dabei. Die Macht der Masse. Für die ganzen Erklärbären vor den Cafés und Galerien, die ihren Trullas, Kindern, Ischen und anderen Anhängseln vertickern, dass die Leute da ja gute Ansichten hätten, aber letztendlich nichts erreichen würden, habe ich nur Hohn und Spott über. Kann ja sein. Aber ich bin dabei und mittendrin, und genau darauf kommen diese Straßenrandpfeifen nicht klar. Majestäten der neuen Mitte, konform und pseudointellektuell.

»Du hast nen Studienabschluss, ich geh zum Fußball!«

Meine spontan entworfene Parole findet unter den Mitdemonstranten keine akustische Unterstützung. Aber das macht nichts, laut und lauter ziehen wir durch die Nacht, flankiert von Beamten, bestaunt von Zivilisten.

Euch die Macht, uns die Nacht! Wenn auch schön angemeldet.

Island, halt's Maul

Regionalligafußball 1992 in Berlin und Brandenburg, der Kreuzberger Fußballverein Türkyemspor muss in Berndtes Heimatstadt zum Auswärtsspiel antreten. Im Vorfeld drohen einige Neonazis damit, beim Spiel für Ärger zu sorgen. Berndte und seine Gang starten eine außergewöhnliche Mobilmachung. Am Spieltag machen es sich einhundertfünfzig Punks, Redskins und Antifas aus diversen Berliner und Brandenburger Szenebezirken auf dem Sportplatz gemütlich. Aufgrund dieser Übermacht lässt sich kein Nazi blicken. In der zweiten Halbzeit stürmt der Hund eines Punks das Spielfeld und jagt dem Ball hinterher. Der Köter schafft es mit Bild in den Sportteil der lokalen Tageszeitung. Berndte, ich und 148 andere Zecken liefern sich nach dem Spiel rauchige Scharmützel mit den Brandenburger Einsatzbullen. Beim abendlichen Konzert grinsen wir uns verschwörerisch an.

EM 2016 in Frankreich, ich sitze mit wenigen Gesinnungsgenossen und einigen Modefans in unserer Stammkneipe *BAIZ*. Wie alle vier Jahre spielen diverse Nationalmannschaften ihren Meister aus. Hoch bezahlte Balltreter, durchtrainierte Profikasper als Protagonisten eines kommerziellen

Events, hecheln über sattgrüne Plätze in durchgestylten Fußballstadien. Dankbare Klatschaffen zahlen schon Monate vorher überteuerte Eintrittspreise, um dabei zu sein. In der Halbzeit ein Hotdog für 6,50 Euro, Terrorzuschlag mit Soße und gerösteten Zwiebeln. Die sogenannten Fanblöcke der jeweiligen Mannschaften sind gut erkennbar, da wirklich jeder anwesende Dussel sich ein Trikot über die sonnenverbrannte Pelle gezogen hat.

Im Vorfeld der EM war die Angst vor Terroranschlägen so groß, dass niemand mit Ausschreitungen unter den angereisten Fußballhotten gerechnet hat. In Marseille bombardieren trinkfreudige Engländer russische Hools mit ihren ausgesoffenen Bierpullen. Diese revanchieren sich, indem sie englische Daddys jenseits der vierzig so zusammenlatten, dass es für einen von ihnen beinahe der letzte Krawall seines Lebens gewesen wäre. In den Medien wird wild spekuliert, wer den Wodkaboys aus dem Russenreich den Flug spendiert hat.

Ein bisschen interessiert mich das ganze Spektakel aber doch, sodass ich mir einige Spiele angucke. Meistens von der heimischen Couch, ab und zu in der Trinkerhöhle meines Vertrauens. Wegen des nachmittäglichen Matches der Engländer gegen ihre walisischen Nachbarn darf mein Sohn heut »Mittagskind« sein, da ich nicht vorhabe, ihn in der Halbzeitpause um 15:45 Uhr mit dem Taxi abzuholen. Seine Fragen zum Geschehen in der Glotze sind die eines typischen Fünfjährigen mit viel Affinität und wenig Fachwissen.

»Papi, bei welcher Mannschaft spielt der Orangene?«

»Is der Schiedsrichter.«

In der zweiten Halbzeit wird es ihm dann doch zu langweilig, und er beschäftigt sich im Kinderzimmer. Ich habe meine Ruhe und erlebe ein sportlich faires Unentschieden bis zum Schluss mit.

Aus Loyalität gegenüber dem Mutterland des Fußballs und der damit verbundenen Subkultur drücke ich seit vielen Jahren der englischen Mannschaft die Daumen. Ohne Herzbluten, aber mit zartem Adrenalinausstoß.

Fußball gucken, ohne für eine der beiden beteiligten Truppen zu sein, finde ich generell langweilig. Neben einigen anderen interessanten Begegnungen, wo ich zumindest dafür bin, dass diese oder jene Elf ordentlich auf den Sack bekommt, sind die England-Spiele für mich freiwillige Pflichttermine.

Zum Achtelfinale, indem die three Lions gegen Island anzutreten haben, mache ich mich mal wieder auf in die Kultur- und Bierkaschemme *BAIZ*. »Entspanntes Gucken ohne Fahnen und Gedönse«, so der Ankündigungstext im Monatsprogramm. Beim Erklingen der Nationalhymnen wird generell der Ton runtergedreht, und bemaltes Fressenvolk, egal ob in Schwarz-Rot-Gold oder Kaktusgrün, erhält einen Platzverweis. So sympathisch, so dogmatisch, so weit in Ordnung. Ist es bei BRD-Spielen meist anstrengender, die An- und Abreise zur und von der *BAIZ* zu überstehen, gestaltet sich dieser Termin entspannt und ereignisarm. Keine kotzenden Deutschen an der Eberswalder, keine schwankenden Schwaben auf der Schönhauser. Überhaupt hält sich die allgemeine Beflaggungsmanie und der sportlich-nationale Taumel im Land des aktuellen Weltmeisters in Grenzen.

Vor einigen Wochen hatte ein rechtsverdrehter AfD-Opa einen deutschen Abwehrspieler mit nichtdeutschen Wurzeln medial angemacht, dass keiner ihn als Nachbarn haben wolle. Dieser Revolverblattangriff ging nach hinten los, und einzig diejenigen Germanen, denen die Elf der BRD sowieso nicht arisch genug ist, fühlten sich bestätigt.

Im hinteren Veranstaltungsraum der Kneipe suche ich mir einen Platz und markiere ihn wie ein Mallorca-Urlauber.

Nicht mit Deutschlandhandtuch, nicht mit Union-Jack-Badehose, sondern lediglich mit meiner schwarzen Kapuzenjacke. Dresscodefummel in der Kneipe des Vertrauens. Dabei ist der Raum, eine halbe Stunde vor Anpfiff, nur dünn besiedelt.

Christoph, der Rikschapunk, jubelt mir ein dezentes »Island! Alter ...« entgegen. Ich muffele zurück: »Tachchen! Scheiß Hipstermannschaft.«

Dass nach der Vorrunde einige auf die isländischen Außenseiter abgehen würden, war mir schon vorher klar. Viele Leute, die im Alltag mit Fußball so wenig anfangen können wie eine Ballettratte mit einem Stollenschuh, erliegen dem klassischen Phänomen, für den vermeintlich sympathischen Outlaw zu sein, nur wenn dieser mal nicht vom Gegner abgeschossen wird. Jamaika, Kamerun, Nordkorea und andere Stolpercombos erfreuten sich schon bei diversen Weltmeisterschaften diverser Sympathien und waren für den Moment des Augenblickes schwer angesagt. Zu Hause provozierte mich Susen zu Beginn der EM-Vorrunde damit, für Österreich sein zu wollen. Nebenbei im Internet surfend, murmelte ich zurück: »Das Geburtsland eines großen Sohnes ...«

In der *BAIZ* wird es voller, und unter den etwa dreißig anwesenden Nasen sitzen lediglich zwei weitere England-Sympathisanten, wovon sich einer durch ein *UK-Subs*-Shirt outet. Alle anderen fröhlichen Modefans sind für Island und finden es wahrscheinlich süß, dass ein Zehntel der Gesamtbevölkerung Islands live im Stadion dabei ist.

Nach wenigen Minuten gibt es einen Elfmeter für England, nur kurze Zeit später der Ausgleich für Island. Stimmung im Saal, es liegen sich Leute in den Armen, die sonst bei zehn Fußballfans in der U-Bahn Panikattacken bekommen. Jubelnde Naivlinge, die schon fünf Minuten später den Namen des Torschützen nicht mehr aussprechen können. Glasige Blicke, verstrahltes Lächeln. Kernig gibt sich allein der Rikschapunk: »Jawollo, Alder!«

Nachdem die Isländer noch in der ersten Spielhälfte das zweite Tor einlagern, kennt das triefige Außenseiterangeschleime kein Halten mehr. Wenn sehr gut bezahlte Fußballer für ein Minimalistenland spielen und auch noch siegen, denn die dicke Kohle fahren sie ja bei hoch dotierten europäischen Fußballclubs ein, dann liegen sich feministisch Orientierte, Autonome und Kneipenliteraten in den Armen. Multikulturelle Underdogsolidarität.

Bockig sitze ich auf meinem Stuhl, glotze schlecht gelaunt auf der Leinwand Englands Ausscheiden entgegen und mische meine zerkleinerten Erdnüsse in der Mundhöhle mit einem kräftigen Schluck Radeberger. Nach Abpfiff bin ich auf Krawall gebürstet, will mir aber kein mehrmonatiges Kneipenverbot einfangen.

Glückliche Leute, glasige Blicke, an denen ich wortlos und ohne Mimik vorbei in Richtung Ausgang schlurfe. Kurzer Abklatscher mit dem Rikschapunk und tschüss. Halblaut verkünde ich einen Einkaufstipp, um den mich niemand gebeten hat: »Liebe Modefans! Die Islandtrikots dann ab morgen auf der Kastanienallee kaufen, bitte.«

Die Einschläge kommen näher

Kurz nach Weihnachten 2015. Mein Sohn und ich drehen eine Runde zu Fuß. Unsere Spaziergänge am Sonntagvormittag sind zu einer unregelmäßigen Tradition geworden. Sie enden oft auf einem Spielplatz oder an einer Imbissbude.

In den Spätverkaufsstellen in Schöneweide, Treptow oder Weißensee fordere ich dann oft zu früher Stunde einen Kaffee und ein Überraschungsei zum Mitnehmen ein. Die anwesende Stammkundschaft, die nicht selten schon beim dritten oder vierten Frühstücks-Sternburger angekommen ist, staunt über unseren exotischen Einkauf und gibt Tipps, um die wir sie nicht gebeten haben.

»Musste schütteln, dit Ei, Kleena! Dann weeßte schon vorher, wat dein Papa dir andrehn will.«

Mein Sohn guckt die Freaks meistens nur an und nickt. Nicht ganz schüchtern, nicht ganz aufgeschlossen. Anschließend erzähle ich ihm dann, dass wir auch nichts Besseres seien, nur eben noch nicht so durch und durch auffällig. Für ihn ist es dann meistens in Ordnung, während er sein Überraschungsei wie ein Barkeeper shakt und schüttelt. Vor ein paar Wochen enterte während unseres Aufenthalts in solch einer Verkaufsstelle des Grauens ein anatolischer Getränkelieferant den Laden und grüßte die versoffene Runde: »Guten Morgen, Deutschland!«

Heute hat es uns in den Prenzlauer Berg verschlagen, wo sich meine Hoffnung, auf einem der Nebenplätze des Friedrich-Ludwig-Jahn-Sportparks ein Amateurfußballspiel zu verfolgen, leider nicht erfüllt. Zwischen den Feiertagen ist hier so wenig los wie sonst nie. Da auch der Vereinsimbiss der Sportvereinigung Empor Berlin verriegelt und verrammelt ist, möchte mein Sohn schnell weiter.

Wir zappeln durch das Gelände und studieren die Plakate an der Max-Schmeling-Halle. Handball, Schlager, Marschmusik, das Volk will bespaßt werden. Dass die Reinickendorfer Füchse mit ihrer Handballbundesligamannschaft hier, im ehemaligen Arbeiterbezirk, rumeiern, daran haben sich viele Ostler schon gewöhnt. Dieser Nordwestberliner Club war mir auch mit seiner Fußballabteilung schon immer unsympathisch gewesen. Bei Auswärtsspielen mit Tennis Borussia, bei denen im sogenannten Fuchsbau, staunten wir über rotzende Abwehrspieler der Füchse und lachten über den Vereinspräsidenten Frank Steffel, ein CDU-Rechtsaußen, der zwar gerne mit Sektglas aus dem VIP-Zelt hervorlinste, aber vorher von den eigenen Ordnern mit seiner Bonzenkarre nicht auf das Stadiongelände gelassen wurde.

Ein weiteres Plakat verkündet einen Auftritt von Roland Kaiser in der Schmeling'schen Spaßarena. Meine Feststellung wird von meinem Sohn überhört und ignoriert.

»Die Mercedes-Benz-Arena am Ostbahnhof kriegt der ooch nich mehr voll.«

Ihn interessiert da mehr ein anderes Poster, welches gleich neben Roland Kaiser hängt.

»Papi! Guck, da is die Monsterlok!«

Mein Sohn ist so aufgeregt, dass sich ein Studium des Plakats lohnt. Auf den zweiten Blick ist mir alles klar: »*Motörhead*! Konzert war aber schon. Hätt Mami sowieso nich erlaubt, dass wir da zusammen hingehn.«

Da mein Sohn am heimischen Computer gerne in die vielfältige YouTube-Welt abtaucht, ist ihm ein Video der Band nicht entgangen, in dem eine Feuer speiende Dampflokomotive mit dicken Metallketten und blutunterlaufenen Augen zu sehen ist, die beim Fahren Funken sprüht. Seitdem beherrscht mein Sohn den Refrain des Hits dieser rotzigen Beatkapelle.

»Ei äm de won, orgasmatron ...!«

Auch jetzt und hier vor der Schmeling-Halle stimmt er an und rudert ein bisschen mit den Armen durch die Luft. Ich interveniere pädagogisch sinnvoll, zumindest in meinem Sinne.

»Wie heißt dit andere schöne Lied?«

»Kommon bäbä, iiit the ritch!«

Mein Sohn ist textsicher, und ich bin zufrieden. Wir schlendern weiter zum Spielplatz, nur um festzustellen, dass der Sand zu kalt und zu hart sowie die Spielgeräte zu langweilig sind. Mein Sohn will weiter.

»Was isn dis da hinten?«

Mein Sohn hat den Flohmarkt entdeckt, der sich, immer wieder sonntags, auf der Weddinger Seite des Mauerparks zu einem Publikumsmagnet entwickelt hat. Diese Aneinanderreihung von Verkaufsbuden, an denen Touristen und Eigentumswohnungsbewohner aus der Oderberger Straße überteuerte, pseudohip bedruckte Einkaufsbeutel erstehen. Nur selten überzeugt ein Platten- oder CD-Händler mit geschmackvollen Produkten.

»Haste was von *Motörhead*?«

»Nee! Aber alles von *Tocotronic*.«

»Kenn ick nich. Schönen Sonntach noch.«

Nachdem es mir gelungen ist, meinen Sohn unbemerkt an

dem Gerümpelstand mit den gebrauchten Matchbox-Autos vorbeizulotsen, setzen wir unseren Spaziergang Richtung Eberswalder Straße fort. An der Wendeschleife der Straßenbahn hinter dem Stadion legen wir einen Zwischenstopp ein. Wenn Vierjährige sich für öffentliche Verkehrsmittel begeistern, gehen Wendeschleifen immer. Ich gebe mich konspirativ: »Los! Wir laufen auf den Schienen lang.«

Er ist erregt, was ich immer daran erkenne, dass seine Wangen rot wie Tomatenketchup aus Werder schimmern.

»Aber Papi, Paaapi! Wenn der Schaffner kommt?«

»Der kommt nich. Komm! Immer aufn Schwelln lang. Wer aufn Schotter tritt, hat verlorn.«

Nachdem wir beide diese kleine sportliche Zwischeneinlage gemeistert haben, schlendern wir weiter gen U-Bahnhof Eberswalder Straße.

In einem Hauseingang steht ein geheimnisvoller Karton mit Beschriftung. *»Zu verschenken!«* Das finde ich gut und hat in einigen Ecken Berlins Tradition. Leute stellen Sachen auf die Straße, die sie nicht mehr brauchen, die aber noch zu gut sind, um sie wegzuwerfen. Bücher, CDs, Spielzeug, oft sind es Dinge, die zumindest einen Blick lohnen.

Wir kramen ein bisschen in der Kiste herum und stellen fest, dass sich eine genauere Inaugenscheinnahme lohnt. Nach kurzer Zeit ist mein Sohn stolzer Besitzer von drei Golfbällen. Ich denke nur: »Typisch Prenzlauer Berg. Kein Fußballspiel zwischen den Feiertagen, aber neue Anwohner, die auf den Golfplatz und nicht in die Kneipe rennen.«

Diverse DVDs und Bücher erregen mein Interesse. Der Verschenker oder die Verschenkerin scheint mystisch veranlagt zu sein. Der Film *Die neun Pforten* darf mit, der Fantasyquatsch bleibt da. Nach kurzem Suchen habe ich eine Perle in der Hand, die in diesem Fall vor den Säuen bewahrt bleibt.

»Kiek mal! Weeßte, wer dit is?«

Mein Sohn guckt bedröppelt und zuckt mit den Schultern.

»Lemmy! Eine Doku-DVD über den Sänger von *Motörhead*. Sojar noch in Folie einjeschweißt!«

Zwei DVDs, drei Golfbälle, zufrieden traben wir ab zum Mittagessen zwischen den Feiertagen.

Am nächsten Morgen bin ich früh wach und schwinge mich mit einem Kaffee vor den heimischen Computer. Während auf den extremistischen Webseiten, die ich gerne besuche, nichts los ist, finde ich bei den bürgerlichen Medien eine Meldung, die mich glatt umhaut: *»Lemmy Kilmister, Sänger der legendären Band* Motörhead, *ist im Alter von 70 Jahren, nach kurzer, schwerer Krankheit, gestorben.«*

»Junge, Junge«, denke ich. »Die Einschläge kommen näher.«

Obwohl es ein kleines Wunder ist, dass Lemmy trotz seines Lifestyles überhaupt so alt geworden ist, komme ich ins Grübeln. Wenn in der Vergangenheit irgendein Schauspieler oder eine andere Berühmtheit das Zeitliche segnete, interessierte mich das meist nicht. Mit Lemmy aber verabschiedete sich ein Prominenter, der meine Jugend prägte: eine Kampfsau, mit der sich verschiedene Pickelfressen immer mal wieder identifizierten. Auch wenn er etwas mehr als ein Vierteljahrhundert Vorsprung hatte, erreicht mich durch sein Ableben das Thema Tod irgendwie. Vielleicht doch mal mit dem Rauchen aufhören? Nicht mehr zum Fußball rennen, mehr Zeit zu Hause verbringen?

Nur ein paar Tage später verkünden die Nachrichten im Radio, dass David Bowie nach schwerer Krankheit verstorben sei.

Ich frage in die familiäre Runde am Frühstückstisch: »War der bei *Tocotronic*?«

Jahreswechsel, ich beschütze die Katze

Auf der Rückreise vom weihnachtlichen Gänsebratenschubidu im Kreise der Familie meiner Freundin bringt mich der Zugbegleiter der sächsischen S-Bahn so in Rage, dass ich gleich die richtige Stimmung für das alljährliche, pyromanische Durchdrehszenario in Berlin bekomme. Obwohl wir noch einen Tag vorher auf dem Plauener Bahnhof bei einer Servicetrulla des Großunternehmens Bahn artig nachfragten, ob es in Ordnung wäre, wenn ich allein mit den im Internet gebuchten Fahrkarten nach Hause fahre, und die Schalterhexe es für in Ordnung befand, fängt dagegen der Zugheini ein großes Gewese an: »Vastähn Se nich, wenn die buchende Persön nisch mitreisd, is däs Dicket nich güldich.«

»Aber wir ham jefragt! In Plauen, uffm Bahnhof.«

Sohnemann und Madame wollten den Jahreswechsel dann doch lieber im Ländlichen, im Kreise der Familie begehen, während ich nach Hause fahren würde, um unsere Katze zu betreuen, damit diese nicht durchdreht. Da die Katzensitterin es an Silvester krachen lassen wollte, würde ich um Mitternacht zu Hause sein.

Mir war das egal, denn diese Festivität mit all den Knallköppen, abgesprengten Fingern und brennenden Dachstühlen hat mir noch nie viel bedeutet.

Inzwischen fängt dieser Zugbegleiter einen dienstlichen Krawall vom Feinsten an. Ich könnte ja der Person, die auf dem Ausdruck steht, selbigen geklaut haben, er handle nur nach Vorschrift und so weiter. Ich entgegne, dass seine Kollegin im Plauener Bahnhof meinte, dass ich nur die Geldkarte meiner Freundin und ihre Bahncard vorzeigen müsse. Ich krame in meiner Geldbörse.

»Beides dabei. Hier sind se!«

Auch das lässt dieser Nahverkehrsaugust nicht gelten und droht mit der Bundesbullerei. Wir schreien uns inzwischen an, ein sächsisches Pärchen nebenan rollt mit den Augen.

»Düpisch. Immer die Düpen mit ihre Springerschdiefel ...«

Inzwischen fühle ich mich nur noch von Idioten umgeben, während der Schaffner mit einem Bezahlschein für ein erhöhtes Beförderungsentgelt vor meiner Nase herumwedelt. Soll ich mich jetzt auch noch für mein wetterfestes Schuhwerk rechtfertigen?

»Wat is denn hier los? Is euch der letzte Pegida-Aufmarsch nich bekommen?«

Beim Umsteigen in Leipzig koche ich so, dass ich lange brauchen werde, um wieder auf Betriebstemperatur zu kommen. Plötzlich steht das Pärchen aus dem Zug hinter mir auf der Rolltreppe. Er textet mich kurz zu.

»Der Don macht die Musik, nü?!«

Genervt rolle ich mit den Augen, drehe mich um.

»Sachsen ... macht Faxen!«

Ich will nur noch nach Hause, wo mich zwei Stunden später eine dankbare Vierbeinerin begrüßt.

Am frühen Silvesterabend mache ich einen Ausflug in den Treptower Park, um noch ein bisschen spazieren zu gehen.

Meine Hoffnung, dass es dort halbwegs ruhig sein würde, erfüllt sich nur halb. Diverse Ostler jenseits des fünfzigsten Lebensjahres pilgern zur Anlegestelle der weißen Flotte. Silvesterrundfahrt auf der Spree, entnehme ich einem Plakatständer. Es riecht nach Haarspray und billigem Rasierwasser, so mancher Schlipsträger erinnert an das feierliche Ostjugendweiheoutfit der Achtzigerjahre.

Weiter hinten im Park ist es ruhiger, lediglich auf der Wiese lassen ein paar Ronnys ihre Raketen nach guter, alter Ostlertradition horizontal über das Gelände schießen, ohne sich dabei gegenseitig die Thor-Steinar-Jacken anzukokeln.

Ohne Zwischenfälle gelange ich wieder nach Hause und bastele mir ein Abendprogramm auf diversen Mediatheken und anderen Onlineseiten zusammen. Während ich Filme gucke, liegt die Katze entspannt auf dem Sofa und schläft. Erst als etwa fünf Minuten nach Mitternacht ein Polenböller draußen hochgeht, rennt sie wie eine Irre ins Bad und kriecht durch die Wartungsluke unter die Badewanne. Als ihr Beschützer fühle ich mich verpflichtet, durch die Rollos nach draußen zu spähen. Vor der Haustür hüpft Peggy, die ich mal so getauft habe, obwohl ich nicht mal weiß, ob sie nicht doch Doris oder Michaela heißt, mit ihrer Familie fröhlich über die Wiese. Etwas senil wedelt sie mit einer Wunderkerze.

Irgendwann sprach sie mich im Hausflur an und wollte wissen, ob die Kaffeeflecken auf der Treppe von mir wären. Freudig bejahte ich ihr das. Barsch forderte sie Reinigungsarbeiten von mir ein, da ein Übersteigen der Flecken nicht zumutbar sei. Ich bestätigte ihr, dass ich mir das sehr gut vorstellen könne, dass sie damit konditionelle Probleme habe, nicht ohne hinterherzuschieben, dass sie ihren altersschwachen Köter ruhig öfter mal deodorieren solle, da manchmal der ganze Treppenflur nach diesem halbtoten Cockerspaniel müffeln würde. Pegida-Peggy konnte mich noch nie leiden, ab diesem Moment hasste sie mich.

Ich beobachte noch weiter ein bisschen die Szenerie aus meinem abgedunkelten Zimmer. Von links kommt Chelsea, die ich auch irgendwann mal so getauft habe und von der ich nicht weiß, ob sie nicht doch Charline oder Doreen heißt, mit einer Flasche Sekt angewankt. Einer ihrer Quartalsstiernacken dackelt artig neben ihr her. Ihr Verschleiß an Rockertypen mit billigen Tattoos und bedruckten Jogginghosen beläuft sich auf drei bis vier pro Jahr. Einmal stand eine dieser Arschgeigen vor unserer Tür und beschwerte sich, dass unser Sohn angeblich zu laut Flummi spielen würde. Zehn Minuten später stand Chelsea vor unserer Tür und beschwerte sich, dass ich ihren »Mann« wie den letzten Dreck behandelt hätte. Dabei fand ich meinen Verweis darauf, dass hier nur klingeln dürfe, wer ein gültiges Abiturzeugnis vorweisen könne, durchaus legitim. Zumindest lässiger, als gleich irgendetwas von Hausfriedensbruch und Polizei durch den Treppenflur zu brüllen.

Inzwischen ist einigermaßen Ruhe eingekehrt, die Katze liegt wieder auf ihrem Stammplatz und pennt.

In der zweiten Woche des neuen Jahres erhalten wir von der Deutschen Bahn aus Kulanzgründen einen Gutschein über 30 Euro. Vor Freude schmeiße ich einen Polenböller aus dem Fenster. Peggys Köter pisst sich vor Schreck ans eigene Bein.

Revolution? 7:31 Uhr ab Bahnhof Gesundbrunnen, Gleis 4

Auf leisen Sohlen schleiche ich aus der Wohnung, um Frau und Kind nicht zu wecken. Trotz früher Stunde bin ich wach und voller Erwartung. Ein Fußballausflug steht an, zum Heimspiel des Hamburger Fünftligisten Altona 93. Da auf die Straßenbahn kein Verlass ist, beziehungsweise ich überhaupt nicht weiß, ob die am frühen Morgen überhaupt schon fährt, mache ich mich zu Fuß auf Richtung S-Bahnhof Pankow. Ruhig und still ist es in den Straßen unserer Wohngegend, in der Bullenwache sehe ich hinter dem Fenster ihrer Dienststube einen Beamten an seiner Kaffeetasse nippen. Auf dem Pott prangt das Emblem der »Gewerkschaft der Polizei«, GdP. Na, immerhin nicht das der AfD, denke ich mir. Aber deren Emblem hat bestimmt so mancher Bulle auf seinem Schlagstock kleben.

Vor dem Haltestellendönerimbiss und in der Bahnhofshalle kommen mir einige schräge Gestalten entgegengewankt. Clubgänger und Discoprolls, tätowiert und besoffen. Unsere örtliche Pankower Klientel amüsiert sich weniger in Jazzcafés und LoFi-Lounges. Auf dem S-Bahnsteig haben sich zwei Typen aus Bernau oder Birkenwerder in den Haaren. Bei beiden reicht es nicht mehr für einen knackigen Faustkampf. In Zeitlupe und einhändig schieben sie sich über den Bahnsteig, um sich dabei Unverständliches aus ihren restaggressiven Fressen entgegenzunuscheln. Mein erweckendes »Jutn Morgen!« kommt bei den beiden Geiern der abklingenden Nacht erst gar nicht an.

Zwei Stationen weiter, beim Bahnhof Gesundbrunnen, entere ich einen vollständig einsamen Bahnsteig. Nichts los im wilden Wedding, da hätte ich mehr erwartet und immerhin damit gerechnet, dass die Freakshow in Pankow erst der Vorfilm zum Hauptprogramm im Problembezirk war. Aus der gleichzeitig einfahrenden Ringbahn stolpert lediglich ein mitreisender Fußballfreund aus dem Prenzlauer Berg.

»Wie war dit, Treffpunkt bei McDonald's?«

»Jawoll, der Kaffee is da legendär gut.«

»Na, meinetwegen.«

Gemeinsam erklimmen wir die ruhende Rolltreppe.

»Wie jehts deinem Rheuma?«

»Scheiße!«

Im Fast-Food-Schuppen winken uns bereits zwei weitere Mitreisende zu. Da wir noch nicht vollständig sind, hole ich mir auch einen sagenumwobenen Kaffee. Der schmeckt gut, wenn auch nicht legendär. Die Bedienung hinter dem Rinderseuchetresen wirkt wach, hatte wohl schon zwei oder drei Tassen des hauseigenen Gebräus.

»Sind die beiden Herthaner schon da?«

Gleichzeitig zum Spiel von Altona 93 spielt heute Hertha BSC in der Hansestadt. Daniel und sein Kumpel wollen sich ein zeitlich versetztes Doppelevent geben, da die alte Dame erst um 17:30 Uhr beim HSV ranmuss. Den meisten von uns ist so ein Doppelgehoppe zu anstrengend. Wir wollen lieber trinken und tanzen, im Vereinsheim des Hamburger Fünftligisten, bei Holsten und Ska, bei Astra und Punkrock. Obwohl Andreas im Vorfeld vermutete, dass wir bei unserer Reise mit dem Wochenendticket über Schwerin mit mindestens 300 blau-weißen Berlinern unterwegs sein würden, ist von denen im Gesundbrunnen noch nichts zu sehen.

Während unsere beiden Quoten-Herthaner angeschlichen kommen, sammle ich das Geld für die WE-Tickets ein.

»Fuffzehn Euro pro Nase. Ooch von euch!«

Anstandslos zücken die beiden ihre Geldbörsen, obwohl sie wegen des späten Spiels ihres hauptstädtischen Kultvereins beim HSV separat zurückreisen werden. Während ich das Geld verstaue, wird auf dem Kaffeetisch ein Joint gerollt. Zwei der Mitreisenden wollen es zu früher Stunde wissen und schon mal ein bisschen fliegen. Zumindest auf dem Bahnsteig, da im Zug ja Rauchverbot ist. Unten bei Gleis 4 sammeln wir uns und entdecken vier Bundesligafans, die sich ebenso auf in Richtung Hamburg machen wollen. Aufgrund ihres Auftretens vermute ich, dass sie die Nacht durchgesoffen haben, ihre 5-Liter-Whiskypulle mit Pumphahn scheint in einer Kneipe geklaut worden zu sein.

»Daniel! Kennste die?«

»Nee!«

Plötzlich und fast direkt hinter uns stehen zwei Platzhirsche, die aufgrund ihrer Aufmachung, ihres Gestus und ihrer Tuschelei von allen Mitgliedern unserer bunten Ausflugstruppe innerhalb von zweieinhalb Sekunden als Beamte der »Ermittlungsgruppe Hooligan«, umgangssprachlich und mit Volkes Schnute gesprochen, als »EGHler« erkannt werden. Nach außen geben wir uns entspannt, und wir müssen uns, aufgrund diverser Dresscodes und dezenter Fanutensilien, auch keine Mühe geben, als fröhliche Wandervögel mit Reiseziel Mecklenburgische Seenplatte durchzugehen. Nur einer unserer beiden Zauberzigarettenzonis hat sieben oder elf Schweißperlen auf der Stirn: »Mach dit scheiß Horn aus! Mann, der janze Bahnsteig riecht ...«

Die Hoolermittler schauen nach links und etwas länger nach rechts, dorthin, wo die vier Hertha-Honks mit ihrem Whiskyfass rumeiern. Verwirrt bleibt der Blick des einen Hoolibullen auf dem Rucksack eines Mitreisenden kleben. BFC, FC Carl Zeiss Jena, *Junge Welt*, roter Stern. Einige Pins, viele Inhalte. Was ist nun los, fragt der bleierne Blick des Beamten. Wir steigen in den Zug, sie bleiben draußen. Bei der Abfahrt winken wir nicht. Ein Pistolero tippt hektisch auf seinem Handy. Beim Umsteigen in Schwerin wissen wir, warum. Die Bundespolizei hat auf dem örtlichen Hauptbahnhof alles zusammengetrommelt, was an Beamten greifbar war. Keine kernigen Typen, viele gemütliche Dauersemester. Bizarr wirkt der waldschratige Vollbart des einen Bullen. Passt nicht zur Aufstandsbekämpfungsbekleidung. Egal. Sie lassen uns mit ihrer Sperrkette nicht zum Rangierbahnhof, aber dafür in den Kiosk.

»Noch wer nen Kaffee?«

Das Kräfteverhältnis ist unausgeglichen, auf einen Fan kommen drei Beamte.

»Allet jut. Keene Unioner in Sicht, keen Krieg im Tunnel!«

Auf dem aktuellen Bahnsteig wartet eine große Überraschung. Der Anschlusszug nach Hamburg ist schon einmal ohne uns vorgefahren.

»Scheiße! Und nu?«

»Herthaner! Du bist jut mit dein Smartphone. Guck nach! Mach wat!«

»Jaja. Weiter über Bad Kleinen und Lübeck. Letzte Chance uff Pünktlichkeit zum Oberligakracher!«

»Na, dann hopp!«

Der etwa halbstündige Zwangsaufenthalt auf einem Dorfbahnhof in Mecklenburg-Vorpommern hat uns das eingebrockt. Die arbeitsgeile Zugbegleiterin wusste prompt Bescheid. Zwei Heimkinder aus der örtlichen Einrichtung wurden auf den Gleisen gesichtet. Kurz danach kam sogar der Heimleiter zum Zug und rauchte mit der Schaffnerin eine Zigarette. Sie bekam einen weiteren Anruf, die Landespolizei bat noch um Geduld. Die elternlosen Minderjährigen blockierten weiter. Aller Räder stehen still, Ulrike »Bambule« Meinhof hätte ihre Freude gehabt. Das Heimkind als revolutionäres Subjekt von morgen.

Wir, die Fußballhotten von heute und gestern, reisen per Bimmelbahn zum nächsten historischen Ort der bewaffneten Revolution. Bad Kleinen, kleiner Bahnhof mit großer Geschichte. Wir staunen.

»Meine Fresse! Hier siehts ja immer noch so aus wie damals im Fernsehen.«

»Kiek! Da is noch der Kiosk, von da aus hat die Verkäuferin damals allet jesehn.«

»Die haben se dann ooch fertichjemacht.«

Im Juni 1993 wollten GSG9-Beamte die beiden mutmaßlichen RAF-Angehörigen Grams und Hogefeld auf dem Bahnhof festnehmen. Verpetzt hatte sie der Verfassungsschutzspitzel Steinmetz. Grams entzog sich den Elitebullen, feuerte mit einer Wumme um sich. Ein Beamter blieb liegen, Grams selber stürzte getroffen auf das Gleis. Die Bockwurstdealerin sagte damals aus, dass Grams hingerichtet wurde. Per aufgesetztem Kopfschuss. Ein Aufschrei der revolutionären Massen blieb aus, was folgte, war ein monatelanges Mediengewitter. Minister und führende Beamte mussten ihren Hut nehmen.

Wir reisen weiter in Richtung des alten Bundeslandes Schleswig-Holstein. Wenn wir in Lübeck den Anschluss verpassen, war es das mit Fußball in Altona. Doch der Etappenritt über den ehemaligen Eisernen Vorhang verläuft flott und ohne Gleisblockaden. Im Westen ist Bambule out und die Revolution tot.

Auf dem Bahnhof der Marzipanstadt staunen wir über Hunderte HSV-Fans, die mit demselben Zug wie wir zum Heimspiel ihrer drei Buchstaben wollen.

»Wat isn hier los? Liebt denn hier keener den einheimischen VfB?«

Unsere zwei mitgeführten Altona-93-Schals outen uns als Fußballrevolutionäre. Unterklassenfans mit selbstbewusster Attitüde. Die Lübecker Marzipan-HSVer scheint das nicht zu jucken. Wir dürfen mit einsteigen, ohne uns den Weg freischießen zu müssen. Im Oberdeck schallt schwarz-weiß-blaulastiger Schlagertechno aus einer MP3-Heule. Wir schunkeln nicht mit, beschweren uns aber auch nicht. Unterwegs steigen weitere Bundesligafans zu. Es wird eng, wenn auch nicht so eng wie für ihren Verein an den jeweiligen Saisonenden der letzten vier Jahre.

Ich muss pullern, der McDonald's-Kaffee will wieder raus. Vor dem Zugklo stehen Lübecker Bierboys Schlange. Frustriert nehme ich wieder Platz.

»Wenn ick hier nich pinkeln darf, isset nich meine Revolution!«

»Holla, holla, Emma Goldman!«

»Richtich! Zehn Punkte!«

Am Hamburger Hauptbahnhof strömen die Massen aus dem Zug und in Richtung Volkspark. Nur wir suchen die S-Bahn, um nach Altona, zur Adolf-Jäger-Kampfbahn zu fahren. Einer unserer Herthaner ist verwirrt.

»Kampfbahn, Adolf ... Klingt son bisschen krass, oder?«

»Locker bleiben. Is dit zweetälteste Stadion, wo noch jespielt wird. Das hieß schon so, da war der kleene Österreicher noch nich mal jeplant. Wer hat noch mal euer Olympiastadion bauen lassen?«

Ein weiterer Berliner atmet durch.

»Endlich in Teddytown! Ein Hoch auf den Genossen Ernst Thälmann!«

Prompt folgt Aufklärungsunterricht: »Thälmann hat hier nich nur Revolution jemacht. Im Namen der KPD wurde ooch ins Rotlichtmilieu investiert.«

»Ejal! Bier holn und ab zum Spiel!«

Outro

In Kreuzberg wollte ich noch nie wohnen. Der rebellische Bezirk hatte es mir zwar in den Neunzigern mit all seinem revolutionären Mythos angetan, gingen wir dort doch gerne einkaufen, fressen, demonstrieren. *M99, Depot, Coretex* waren die Tempel unseres Glücks, der Oranienplatz mehr als einmal der Ausgangspunkt und Treff für alle, die forderten, dass Deutschland sterben müsse und dass zwischen Bullenhelm und Nasenbein ein Pflasterstein zu passen hätte. Auf einer dieser Demos bezog ich einmal einen rustikalen Überzieher von einem Polizeischlagstock. Meine linke Wade glänzte schön, erst blau, dann grüngelb. Ich verzog mich in die Büsche, auf der Straße ging es hoch her.

Heute schlendere ich vom U-Bahnhof Heinrich-Heine-Straße hinüber zum Bethaniendamm. Starte in Mitte, lande im sogenannten Szenebezirk. Hochhäuser, Kaufhalle, Kreuzberg. Die siebzehngeschossigen Plattenbauten am ehemaligen Mauerstreifen sind inzwischen längst saniert, versprühen aber immer noch einen gewissen Ostcharme. Hinterm Edeka beginnt der ehemalige Mauerstreifen, zu dem auch das inzwischen aufgebrezelte Engelbecken gehört.

Da, wo sich heute ein künstlicher See mit Enten und Schildkröten befindet und sich spanische Spaßbirnen auf dem Rasen wälzen, gab es nach der Wende eine Wagenburg. Mit Gänsen, Hunden und Punks. Mit einem der Berndtes kaufte ich dort das erste Mal Dope. Stolz wie Bolle streckte dieser Berndte einer uns entgegenkommenden Punkerin den 30 Mark schweren Stein entgegen. Etwa eine halbe Stunde vorher hatte sie uns in der Nähe des Kottis um Geld angeschnorrt.

»Nischt für mir über, aber Dope koofen oda wat?!«

Der Berndte stammelte ihr etwas hinterher, was sinngemäß mit Prioritäten setzen zu tun hatte.

Mit vielen anderen Berndtes besuchte ich auch öfter das *SO36*. Konzerte, Konzerte, Konzerte. Nach einem *Chumbawamba*-Gig wrangen wir auf der Oranienstraße unsere schweißnassen T-Shirts aus. Viele Zecken aus dem Umland tanzten dort zu traditioneller Punk- und Oi-Musik. *The Business* fand ich damals schon nach dem zweiten Lied gut und höre sie noch heute gern. Ihr Sänger verstarb vor einem halben Jahr, die Einschläge haben ihn eingeholt. Vor einem weiteren Oi-Konzert erblickte ein Kumpel einen Fascho aus dem Berliner Umland im benachbarten Imbiss. Drei Typen von der Kreuzberger Kiezmiliz machten kurzen Prozess. Während es so klatschte und knallte, verkündete einer der Milizionäre, dass das nur ein blöder Fascho sei, worauf sich die restliche Kundschaft im Laden merklich entspannte. Der Verkäufer grinste keck und meinte, dass sich das Konzept der Selbstbedienung doch manchmal auch lohnen würde. Die ganzen Berndtes im Berliner Umland hätten sich bestimmt gefreut, wenn so eine rustikale antifaschistische Truppe öfter mal durch die Straßen und Imbisse ihrer Kleinstädte patrouilliert wäre.

Inzwischen habe ich den Bethaniendamm erreicht. Mein Termin ist in zwanzig Minuten, also noch genug Zeit, sich auf einer Parkbank auf dem Mariannenplatz zu platzieren. Diesen besungenen Ort, wo es schon oft blau vom Rundumlicht der Bullen war. Inzwischen sind die Mieten hier genauso hoch wie in Prenzlauer Berg oder Charlottenburg. Als ich einmal bei einem Umzug innerhalb Kreuzbergs half und die Aufgabe hatte, die Wohnmöbel vom Hof ins Auto zu verfrachten, quatschte mich bei jedem Ritt zwischen Haustür und Transporter irgendein Hipster an, ob die Wohnung noch zu haben sei. Auflackierte Milieufressen mit künstlich-urbaner Attitüde. Erst ignorierte ich sie, bis ich dann dem siebten oder achten Klischeestudenten erwiderte, dass hier nur Leute mit Achte-Klasse-Abschluss und Kampfhund einziehen dürften.

»Anordnung vom Bezirksamt, Bündelung von Problemklientel!«

Inzwischen ist es Zeit, zu meinem Termin rüberzugehen. Im Südflügel des Bethaniens will ich mich zwecks Minijob entblößen. Bürobetreuung und Vermietung von Proberäumen für Theatergruppen und andere Clowns. Im Vorfeld hatte ich mit denen E-Mail-Verkehr, der sympathisch verlief. Also klingele ich pünktlich und treffe drei fröhliche Künstler in ihrem Büro. Wir quatschen ein bisschen, ohne uns zu überfordern.

Zwischendurch musste ich an den Pumpenkönig und all die anderen Arschgeigen denken. Diverse Arbeitgeber, die in ihrem manischen Getue dafür verantwortlich sind, dass sich so mancher Lohnabhängige schon am Freitagabend vor dem kommenden Montagmorgen gruselt.

Unsere Vorstellungsrunde läuft weiterhin harmonisch. Ins Gespräch bringe ich ein, selbst auf den Pfaden kreativen Schaffens unterwegs zu sein, schwadroniere von Lesebühnen und Fußballfankultur. Sie reagieren nicht mit Aaahs und Ooohs, nehmen mir aber auch den spendierten Kaffee nicht gleich wieder weg. Im Endeffekt einigen wir uns auf eine Schnupperrunde und auf Einarbeitungszeit bis zum Spätsommer, was mir nicht ungelegen kommt. Genug Zeit, an meinem Schinken über die Berndtes und den Punk der Neunziger in Brandenburg zu arbeiten. Fröhliche Zeilen, harte Zeichen. Als sie sich beim Abschied erkundigen, wo ich denn wohne, erwidere ich, jetzt schnell nach Pankow zu müssen. Sie gucken mich mit so einem »Ach, der Arme«-Blick an.

»Is schön da! In Kreuzberg wollt ick noch nie wohnen.«

Wieder Blicke. »Ach, der arme Arme!«

Gut, in den nächsten Wochen werde ich also ins Theaterklimbim reinschnuppern, wenn auch nur als Verwalter und Tippse.

Auf dem Rückweg zur U-Bahn lasse ich die Wandervögel der örtlichen Heroindealerkolonne links liegen. Seit die Polizei ihre Besuche auf den U-Bahnhöfen der Linie 8 verstärkt hat, sind diese Händler des harten Gewerbes ständig unterwegs und dirigieren ihre Kundschaft per Taschentelefon hier- und dorthin. An der Ecke zur Kirche bewundere ich die eingeschlagenen Scheiben der großen Eigentumlofts, die von Autonomen hinterlassen und von den dort wohnenden Yuppies mit kreativ-weinerlichen Basteleien verunstaltet wurden. Neben einem überdimensionalen Hautpflaster, welches hinter ein Einschlagloch geklebt wurde, hängt eine Erklärung der Bewohnerinnen und Bewohner, dass sie niemanden verdrängt hätten, und warum nicht auch Besserverdiener ein Recht auf Kreuzberg hätten.

»Weil ihr scheiß Yuppies seid«, hat ein Unbekannter mit Edding darunter geschrieben, nicht ohne zu ergänzen: *»Was wollen Volksmusikfans auf einem Punkkonzert?«*

Inhalt